Über den Autor:

Sandro Hübner, wurde 1991 in Görlitz geboren. Besuchte erfolgreich die Schule und widmete sich mit 10 Jahren Kurzgeschichten, Gedichten und Vorträgen, die sehr umfangreich verfasst waren. Als er 17 Jahre alt war und sich als Schriftsteller die Zeit, für seinen Ersten Roman: SAD SONG - Trauriges Lied - nahm, machte ihm das Schreiben sehr großen Spaß. Sandro Hübner lebt in Berlin und arbeitet bereits an seinem nächsten Roman. Er hat mittlerweile Bestseller geschrieben.

Vom Autor bereits erschienen: www.sandrohuebner.de

Für dich Mama, Papa Oma, Opa und Ur-Oma

Alle Geschichten, wenn man sie
bis zum Ende erzählt,
hören mit dem Tode auf.
Wer Ihnen das vorenthält,
ist kein guter Erzähler.

E. Hemingway

SANDRO HÜBNER

SPANNENDE KRIMISAMMLUNG AUS DREI KURZGESCHICHTEN

Krimi

Bibliografische Information der Deutschen Nationalbibliothek:
Die Deutsche Nationalbibliothek verzeichnet diese Publikation in der Deutschen Nationalbibliografie; detaillierte bibliografische Daten sind im Internet über http://dnb.dnb.de abrufbar.

TWENTYSIX
Eine Marke der Books on Demand GmbH

© 2022 Sandro Hübner

Herstellung und Verlag:
BoD - Books on Demand, Norderstedt

ISBN: 978-3-7407-0620-3

Alle Rechte, einschließlich die des auszugsweisen Nachdrucks in jeglicher Form und der Übersetzung, sind vorbehalten. Das Werk darf – auch teilweise – nur mit Genehmigung des Autors wiedergegeben werden.

Alle in diesem Roman vorkommenden Personen, Schauplätze, Ereignisse und Handlungen sind frei erfunden. Etwaige Ähnlichkeiten mit lebenden Personen oder Ereignissen sind rein zufällig.

Inhaltsverzeichnis

Titel	Seite
Bis das der Tod uns scheidet	7
Die Zeugin	31
1. Kapitel	33
2. Kapitel	40
3. Kapitel	46
4. Kapitel	55
5. Kapitel	60
Das indische Pentagramm	65
1. Kapitel	67
2. Kapitel	72
3. Kapitel	74
4. Kapitel	79
5. Kapitel	82
6. Kapitel	86
7. Kapitel	89
8. Kapitel	92
9. Kapitel	95
10. Kapitel	100
Anmerkungen des Autors	103

Bis das der Tod uns scheidet

Franz Klopfer hatte die Nase gestrichen voll. Nicht nur, dass er sich heute beim Abendessen die Suppe über die Hose geschüttet hatte, nein, das reichte nicht. Sein zänkisches Weib hackte auch wieder auf ihm herum. Ihr ständiges Gekeife ging ihm schon lange auf die Nerven. Seine Arbeit beim Bau lief heute auch nicht so glatt. Es war einfach nicht sein Tag. Zu dumm, dass er beim Gerüstbau ein paar Schrauben vergessen hatte. Natürlich gab dieser Idiot Anton Kruschke ihm die Schuld am Einsturz des Gerüstes. Er konnte von Glück reden, dass er sich nur den Arm brach.

Immerhin hatte er die nächsten Wochen Ruhe vor ihm. Woher wusste Anton eigentlich, dass er die Schraube vergessen hatte? Franz konnte sich nicht daran erinnern, ihn während des Aufbaus in seiner Nähe gesehen zu haben. Egal, der Kerl war erst mal ruhig gestellt. Wenn nur Helga endlich die Klappe halten würde. Ihre Stimme konnte er bis ins Badezimmer hören, wo er gerade versuchte, die Spuren der Suppe auf seiner Hose zu beseitigen.

„Du Trottel. Kannst du denn gar nichts richtig machen. Womit habe ich dich nur verdient. Wenn du nur einmal aufpassen würdest. Und wer soll jetzt die Sauerei wegmachen? Alles bleibt wieder an mir hängen."

Ihre keifende Stimme drang in seine Ohren und resignierend schüttelte er den Kopf. Wo war nur die liebenswerte Frau geblieben, die er „aus Liebe" heiratete?

So gut es ging, rieb er die Flecken aus der Hose. Jetzt war sie sauber, aber dafür nass. Sah auch nicht besser aus. Er zog die Hose aus und hängte sie zum trocknen über die Duschabtrennung.

Franz blickte in den Spiegel. Kritisch musterte er sein Gesicht. Es wirkte müde. Die Augen glanzlos, mit dunklen Rändern, keine Spur des früheren Feuers in ihnen.

Seine schwarzen Haare mit grauen Strähnen durchzogen, dabei war er erst fünfunddreißig. Oft verließ er spontan das Haus, um sich nicht wieder ihre Vorwürfe anhören zu müssen. Er lief dann ziellos durch die Straßen oder den Park, um auf andere Gedanken zu kommen. Sie beklagte sich immer. Auch wenn es seiner Meinung nach keinen Grund gab. Sie hatte sich in den letzten Jahren zu einer keifenden Nervensäge entwickelt. Aber warum nur? Tat er nicht alles für sie?

Vor ein paar Tagen kam er auf die Schnapsidee, ihr einen Strauß Blumen mitzubringen. Er hoffte, sie damit freundlicher zu stimmen, Er wollte mit ihr reden. Er wollte endlich in Ruhe und Frieden leben und nicht ständig ihr Gekeife hören. Doch sie hatte weder den Strauß noch ihn eines Blickes gewürdigt und betitelte ihn gleich als Dreckschwein, nur weil er vergessen hatte, den Mülleimer mit hinunterzunehmen, als er ging.

Sein Blick fiel auf das Rasiermesser auf der Ablage vor dem Spiegel.

Helga schimpfte im Esszimmer immer noch lautstark vor sich hin, während sie damit beschäftigt war, den Fleck vom Teppich zu entfernen und dabei dem Rest der Welt, auch wenn diese es gar nicht hören wollte und konnte, ihr Leid zu klagen.

Seine Augen klebten förmlich an dem Rasiermesser und er konnte seinen Blick nicht abwenden. Nicht einmal sein boshaftes Weib mit ihrem Gekreische nahm er wahr. Plötzlich wurde die Tür zum

Bad aufgerissen und sie stand, einer Furie gleich, im Rahmen und schnauzte ihn an. Nur widerstrebend riss er sich vom Anblick des Messers los. Für einen Moment war sie sprachlos. Ihr Blick wanderte an ihm rauf und runter.

„Du bist eine Beleidigung für meine Augen. Zieh dir sofort etwas an. Komm mir ja nicht so unter die Augen."

Wieder hob sich ihre Stimme und ihr Gesicht war angewidert verzerrt.

„Und beeil dich gefälligst. Oder denkst du ich mache deine Sauerei da allein weg. Wäre ja noch schöner."

Abrupt drehte sie sich um und stürmte aus dem Bad. Resignierend senkte Franz die Augen. Das, was er antworten wollte, hatte er im nächsten Moment wieder vergessen. Es hätte sowieso keinen Sinn gehabt. Wieder fiel sein Blick auf das Rasiermesser auf der Ablage.

Was wäre...? Franz erschrak über seine Gedanken. Aber nur kurz. Warum eigentlich nicht? Was wäre, wenn...? Man kann ja mal darüber nachdenken.

Plötzlich fiel ihm sein alter Freund Toni Reimers ein. Wieso er ausgerechnet jetzt darauf kam, konnte er sich nicht erklären. Sie hatten sich während ihrer Ausbildung kennen gelernt. Toni und er waren für eine kurze Zeit, wie Franz fand, viel zu kurze Zeit, unzertrennlich. Sie unternahmen viel, baggerten die Mädels an und verbrachten die meiste Zeit gemeinsam. Beide wollten nach dem Abi erst mal eine Zeitlang nichts tun, um sich darüber klar zu werden, was sie überhaupt wollten. Dann kam Toni die Idee, auf dem Bau zu arbeiten, um sich etwas Geld nebenbei zu verdienen. Franz hatte es nicht nötig, sein Vater besaß eine gut gehende Baufirma, aber er machte mit. Warum, wusste er nicht mehr, aber das spielte jetzt auch keine Rolle. Ein schönes und vor allem beruhigendes Gefühl reiche Eltern zu haben. Es war alles etwas einfacher. Sein Vater hatte nichts dagegen, dass sein Sohn sich ein Jahr Auszeit nahm, um sich zu orientieren, wie er meinte. Toni hat während der Zeit auf dem Bau den Entschluss gefasst, Architektur zu studieren und es ein Jahr später auch in die Tat umgesetzt. Franz wollte es auch, doch dann kam alles anders.

Helgas Stimme riss ihn aus seinen Gedanken. Plötzlich fühlte er eine unbändige Wut in sich aufsteigen. Nicht einmal seine Erinnerungen gönnte sie ihm. Aber das wollte er sich nicht nehmen lassen. Ich werde jetzt gehen und wenn sie sich auf den Kopf stellt.

Im Schlafzimmer zog er sich eine saubere Hose an und ging mit mechanischen Bewegungen ins Esszimmer.

Verächtlich musterte Helga ihn von oben bis unten. Wortlos warf sie ihm den Putzlappen vor die Füße und verließ den Raum.

Franz ließ sich auf die Knie nieder und begann mit langsamen kreisenden Bewegungen über den Teppich zu reiben. Dabei wanderten seine Gedanken wieder zu Toni und ihrer gemeinsamen Zeit. Was er wohl heute machte. Sicher war er ein angesehener Architekt, so wie er es vorhatte. Und ich, dachte Franz, bin immer noch auf dem Bau. Er hatte zwar eine Ausbildung zum Maurer abgeschlossen, damals natürlich nur, um sich auf sein späteres Studium vorzubereiten, wie er sich selbst immer wieder einredete, aber er wusste selbst, dass es nur eine Ausrede war. Die letzten Jahre waren eine einzige Ausrede. Und wofür? Für diese zänkische, keifende Hyäne, die sich seine Frau nannte?

Wie tief bist du gesunken! Mann, werde doch endlich wach. Sie liebt dich nicht. Hat dich nie geliebt.

Als er noch Geld besaß und ihm alle Wege offen standen, ja, da war er gut genug für sie.

Aber vor zehn Jahren, ein paar Monate nach ihrer Hochzeit, musste sein Vater Konkurs anmelden und nahm sich kurz darauf das Leben. Seine Mutter war schon ein Jahr zuvor gestorben und musste zum Glück den Untergang der Klopferwerke nicht mehr miterleben. Selbst wenn er wollte, könnte er jetzt nicht so sorglos studieren, wie es vorher möglich gewesen wäre, ohne diese Tragödie.

In ehrlichen Momenten musste er sich aber eingestehen, dass das auch nur eine Ausrede war. Irgendwie wäre es schon gegangen. Aber wie hätte er den Lebensstil seiner holden Gattin finanzieren sollen? Das Gehalt eines Maurers war nun mal trotz vieler Überstunden nicht so hoch und er konnte ihr den Luxus nicht mehr in dem Maße bieten, wie es vorher der Fall war.

Helga nahm ihm dies übel, ließ es ihn bei jeder Gelegenheit spüren. Natürlich wollte sie sich nicht die Blöße vor ihren Freundinnen geben, nun, wie sie es ausdrückte, in Armut zu leben. Die Fassade musste unter allen Umständen aufrecht erhalten bleiben. Sie ging weiterhin mit ihren Freundinnen aus, die genauso oberflächlich waren wie sie selbst. Helga schämte sich für ihn. Mehr als einmal sagte sie ihm, wie sehr sie ihn verachte.

Ihre Stimme riss Franz aus seinen Gedanken.

„Bist du immer noch nicht fertig? Beeil dich gefälligst."

Franz versuchte gar nicht hinzuhören. So konnte es nicht weitergehen. Er hielt es nicht mehr aus. Ohne ein Wort zu sagen, stand er auf, zog seine schwarze Lederjacke über, nahm die Schlüssel vom Haken und verließ die Wohnung. Dass Helga ihm sprachlos hinterher starrte, bekam er nicht mehr mit. Es war ihm auch völlig egal.

Mit gesenktem Kopf lief Franz Klopfer durch die Straßen. Er hatte es so satt. Die nächste Kneipe auf dem Weg lachte ihn regelrecht an. Er ging hinein und bestellte sich ein Bier. Gedankenverloren schaute er in sein Glas. Franz brauchte sehr dringend jemanden zum Reden.

„Ist dir nicht gut?" fragte ihn Mario. Franz sah auf. Mario schaute ihn forschend an. Der Wirt der „Pinte" war für Franz im Laufe der letzten Jahre fast so etwas wie ein Freund geworden.

„Ne, schon gut. Alles klar. Hab nur mal wieder Zoff mit der Alten."

Franz nahm einen Schluck aus seinem Bierglas und winkte ab.

„Eigentlich nichts Besonderes. Es ist wie immer eben."

Kopfschüttelnd drehte sich Mario um und nahm eine Flasche Whisky aus dem Regal. Zweifingerbreit goss er ein und schob das Glas Franz hin.

„Hier. Trink."

Franz nahm das Glas, betrachtete die goldgelbe Flüssigkeit und trank es genüsslich in einem vollem Zuge aus.

„Willst du darüber reden?" fragte Mario.

„Eigentlich nicht. Es hat ja keinen Sinn. Immer das gleiche." Franz stellte das Glas im gleichen Atemzug zurück auf den Tresen.

„Danke. War genau das, was ich jetzt brauchte."

„Schon gut. Nichts zu danken."

Mario betrachtete ihn eine Weile. Es hatte keinen Sinn, Franz noch weiter zu drängen. Er kannte ihn zu gut. Wenn er nicht reden wollte, war aus ihm kein Wort herauszubekommen.

Franz' Gedanken schweiften zu Toni, seinem Freund aus besseren Tagen. Und noch weiter zurück erinnerte er sich an Barbara, Rosie, und Simone. aus der Schulzeit. Das letzte Jahr vor dem Abi. Freddy war damals scharf auf Rosie und sie wusste ihn bei Laune und bei der Stange zu halten.

Franz grinste. Nettes Wortspiel. Bei der Stange halten.

Dann dachte er an Helga. Sie war damals wesentlich netter gewesen. Die Aussicht auf eine gute Partie ließ sie äußerst liebenswürdig sein. Ein Mann mit Geld, viel Geld, ist eben um einiges attraktiver als einer ohne. Ihr wahres Gesicht zeigte sie erst, als kein Geld mehr da war. Als sich die Aussicht auf eine große Erbschaft in Luft auflöste, war es aus und vorbei mit der großen Liebe. Franz erkannte es viel zu spät.

Ich muss sie loswerden. Ich kann sie einfach nicht mehr ertragen. Das Leben wäre einfacher und unkomplizierter. Während er darüber nachdachte, stellte ihm Mario noch einen Drink hin.

„Ich glaube, du kannst noch einen vertragen."

„Ja, danke."

Franz sah auf die Uhr an der Wand hinter dem Tresen. Sie stellte eine Weltkugel dar und darunter prangte der Satz: „Dem Glücklichen schlägt keine Stunde".

„Glück?" Glücklich war ich schon seit Jahren nicht mehr, dachte er traurig und sah Mario zu, wie er an der Zapfanlage hantierte und ein paar Biergläser füllte.

Abrupt stand Franz auf. „Ich geh jetzt lieber, sonst dreht sie noch völlig durch."

Er legte fünf Euro neben sein leeres Glas, nickte Mario zu und verließ das Lokal.

Nachdenklich sah Mario ihm nach. Er konnte einfach nicht verstehen, warum Franz sich das alles von dieser Frau bieten ließ. Er wusste genau, ihm könnte so etwas nicht passieren.

Während Mario sich wieder seinen anderen Gästen zuwandte, schlich Franz in Gedanken versunken mit hängenden Schultern nach Hause.

Kaum hatte er die Wohnungstür hinter sich geschlossen, tauchte Helga wie eine Furie in der Diele auf. Das Gesicht vor Wut verzerrt, fauchte sie ihn mit gefährlich leiser Stimme, aus der der Hass Franz förmlich entgegenschlug, an: „Das war das letzte Mal, dass du mich einfach stehen lässt und gehst. Wage es nicht noch einmal. Solltest du dich noch ein einziges Mal so aufführen, bringe ich dich um."

Sie trat dicht vor Franz, griff hart in seine Haare und zog ihn dicht an sich heran. Angewidert verzog sie das Gesicht, als sie die Alkoholfahne roch.

„Du mieses kleines Würstchen. Du Schlappschwanz. Du bist wirklich das allerletzte. Und jetzt geh mir aus den Augen. Mir wird übel, wenn ich deinen Anblick und deinen Geruch noch länger ertragen muss".

Sie stieß ihn von sich, drehte sich um und verschwand im Nebenraum. Franz taumelte gegen die Wand. Er brachte die ganze Zeit kein Wort über die Lippen und jetzt stand er mit geballten Fäusten da und starrte ihr hasserfüllt hinterher.

So, das war's! dachte er, das Maß ist voll!. Ihm fiel wieder das Rasiermesser ein. Der Drang, ins Bad zu gehen, es in die Hand zu nehmen und ihr damit die Kehle durchzuschneiden war fast übermächtig. Ein Stöhnen drang aus seiner Kehle. Franz hörte Helga im Wohnzimmer auf und ab gehen. Offensichtlich wartete sie darauf, dass er zu ihr kam, sich entschuldigte und sagte, dass es ihm leid tut. Aber damit ist jetzt Schluss, dachte er, drehte sich um und verließ die Wohnung. Er lief ein paar Runden um den Block, um wieder klarer denken zu können und als sich seine Erregung etwas legte ging er wieder in Marios Pinte.

Mario schaute auf, als Franz das Lokal betrat. Oje, dachte er. Das sieht nicht gut aus. Er wartete, bis Franz auf einem Barhocker vor dem Tresen saß.

„So schlimm?" fragte Mario.

„Noch schlimmer. Kann ich heute Nacht hier bleiben?"

„Klar. Kein Problem. Du kannst dort schlafen." Mario zeigte auf eine Tür hinter der Theke. „Da schlafe ich auch manchmal, wenn ich es nicht mehr die Treppe hinauf schaffe." Er grinste leicht.

„Willst du noch was trinken?"

„Oh ja. Und ob!. Das gleiche wie vorhin!"

Franz kippte den ersten Drink in einem Zug hinunter und schüttete den zweiten gleich hinterher. Er wollte sich richtig voll laufen lassen und an nichts mehr denken. Heute jedenfalls nicht mehr.

Mario beobachtete ihn den größten Teil des Abends aus den Augenwinkeln, wenn er gerade anderweitig beschäftig war und als er gegen ein Uhr nachts hinter dem letzten Gast die Tür verschloss war Franz so voll, dass er beinahe vom Hocker kippte. Mario musste ihn stützten auf dem Weg in das kleine Zimmer und packte ihn auf die Liege. Als er ihm Schuhe und Jacke auszog, schnarchte Franz schon lautstark. Mario deckte ihn noch mit einer Decke zu und verließ den Raum.

Am nächsten Morgen, eigentlich war es schon fast Mittag, wachte Franz mit einem gewaltigen Brummschädel auf. Zuerst war er etwas irritiert. Er sah sich in dem fremden Zimmer um und nach und nach fiel ihm alles wieder ein. Oh Mann, dachte er. Helga wird mich umbringen. Im Lokal hörte er Mario mit Gläsern hantieren. Franz stand auf, ging zur Tür und schaute hinaus.

„Hallo Mario. Ich muss gestern ja ganz schön getankt haben."

Mario grinste ihn an. „Ja, war nicht übel."

„Kann ich hier irgendwo duschen. Ich fühle mich wie vom Bus überrollt." Franz sah auf die Uhr hinter dem Tresen.

„Oh, Mist. Ich sollte seit drei Stunden bei der Arbeit sein."

„Du kannst ja später anrufen. Geh erst mal duschen."

Mario zeigte Franz den Weg hinauf in seine Wohnung und ins Bad. Als Franz nach etwa zwanzig Minuten wieder ins Lokal kam, war ein Tisch schon gedeckt. Er setzte sich und Mario stellte noch die Kaffeekanne auf den Tisch und setzte sich zu ihm.

„Willst du jetzt drüber reden?"

„Es hat keinen Sinn mehr mit Helga. Ich kann nicht mehr. Ich werde mich scheiden lassen. Die Frau ist die Hölle."

„Endlich triffst du mal eine Entscheidung. Ich sehe doch schon lange, wie mies es dir geht. Du bist einfach zu gut. Sie hat dich gar nicht verdient. Wenn du Hilfe brauchst, ...! Du weißt ja!"

Franz nahm einen Schluck Kaffee. „Du bist mir ein wahrer Freund. Danke." Franz hing seinen Gedanken nach. Zuerst wollte er bei seiner Firma anrufen und sich für heute krank melden. So miserabel wie er sich fühlte war das auch nicht gelogen. Das konnte er gleich von hier aus machen. Dann wollte er nach Hause gehen, einige Papiere zusammen suchen und dann zu einem Anwalt. Er sah auf die Uhr. Gleich halb elf. Heute war Dienstag und da traf Helga sich immer mit einer Freundin zum Mittagessen. Wenn er also noch etwas wartete, konnte er eine Begegnung mit ihr und damit ihre bohrenden Fragen und Erniedrigungen vermeiden.

„Kann ich für ein paar Tage hier bleiben? Bis ich etwas gefunden habe?"

Bittend sah Franz Mario an. „Aber nur, wenn es für dich keine Umstände macht."

„Kein Problem. Bleib, solange du willst."

„Danke."

Um elf Uhr öffnete Mario das Lokal und Franz machte sich auf den Weg zu seiner Wohnung. Langsam schlenderte er den Gehweg entlang. Es waren nur ein paar Minuten Fußweg bis nach Hause, aber irgendwie zog ihn nichts dorthin. Franz fürchtete, Helga könnte noch da sein. Deshalb lief er lieber noch eine Runde um den Häuserblock.

Endlich riss er sich zusammen, kramte in seiner Hosentasche nach dem Hausschlüssel und steckte ihn ins Schloss. Gerade als er die Tür öffnen wollte, hörte er hinter sich eine Stimme.

„Herr Klopfer? Franz Klopfer?"
Franz drehte sich um.
„Ja."
Er musterte die zwei Herren, die nun direkt vor ihm standen und ihm ihre Polizeiausweise unter die Nase hielten. Auf den ersten Blick dachte Franz, die sehen aus wie Pat und Patachon. Der eine groß und schlank, die Hosen im dezenten Grau ebenso das Jackett, der andere fast zwei Köpfe kleiner, etwas rundlich, mit ausgebeulten Jeans und Lederjacke.

„Ich bin Hauptkommissar Bruckner und dies ist mein Kollege Bronner," sagte der Große und machte eine Kopfbewegung zu seinem Nebenmann. „Kriminalpolizei. Wir würden sie gerne einen Moment sprechen."

Erstaunt musterte Franz die beiden.
„Was gibt es?"
„Wir möchten sie bitten, uns zur Dienststelle zu begleiten."
„Sagen sie mir erst mal was los ist. Ist etwas ist mit meiner Frau?"
„Würden sie uns jetzt bitte begleiten."
„Wenn sie einen Unfall hatte oder so, dann sagen sie es. Ansonsten habe ich jetzt wirklich keine Zeit." Franz wollte sich wieder der Haustür widmen und spürte im nächsten Moment eine Hand auf seiner Schulter.

„Herr Klopfer, bitte machen sie uns keinerlei Schwierigkeiten."

Franz gab auf. Sich durchzusetzen war noch nie seine Stärke und so gab er auch jetzt nach und folgte den beiden Beamten zu ihrem Wagen. Sie stiegen ein und fuhren zum Polizeipräsidium.

Während der Fahrt gingen Franz tausend Gedanken durch den Kopf. Was war los? Was war mit Helga? Hatte sie einen Unfall oder hatte sie ihn angezeigt. Zuzutrauen war es ihr, obwohl ihm im Moment nichts einfiel, weswegen sie ihn anzeigen könnte. Aber Franz schätzte Helga als gemein genug ein, dass ihr da sicher etwas einfallen würde.

Im Rückspiegel bemerkte er, wie dieser Bruckner ihn aufmerksam beobachtete. Sollte er doch. Franz war sich jedenfalls keiner Schuld bewusst. Kurze Zeit später waren sie am Ziel und Franz wurde in ein Büro geführt.

„Wo waren sie letzte Nacht?"

„Was geht sie das an. Wieso wollen sie das überhaupt wissen. Sagen sie mir jetzt erst mal, warum ich hier bin. Vorher sage ich gar nichts." Franz war selbst erstaunt über sich. So sollte ich mal mit Helga reden, dachte er.

Bruckner und Bronner warfen sich einen Blick zu, dann sagte Bruckner: „Ihre Frau ist tot. Also, wo waren sie?"

Franz starrte ihn an. Hatte er wirklich gesagt, Helga ist tot? Das konnte nur ein makabrer Scherz sein. Gestern hatte er ihr noch in Gedanken das Messer an die Kehle gesetzt und heute kaum jemand, der sagte, sie ist tot.

„Wiederholen sie das noch mal." Franz glaubte nicht, was Bruckner sagte. Erst die Höllenjahre mit Helga und nun auch noch dieser Bruckner, der sagte, Helga ist tot. Sicher würde er gleich vom

Stuhl aufspringen, ihm eine lange Nase zeigen und rufen: Ätsch! Reingelegt. So grausam konnte das Schicksal ihm nicht mitspielen.

Doch nichts dergleichen geschah. Bronner und Bruckner wechselten wieder einen Blick und Bruckner sagte es noch einmal.

„Was ist passiert?" fragte Franz.

„Das möchten wir von ihnen wissen. Also! Erzählen sie mal was sie gestern Abend gemacht haben. Schön der Reihe nach."

Franz starrte Bruckner an. Was soll die Fragerei. Wieso wollen die wissen, wo ich war. Dann kam ihm die Erleuchtung.

„Sie glauben doch nicht, dass ich etwas damit zu tun habe? Warum sollte ich das tun?"

„Das wollen wir ja von ihnen wissen."

Langsam kam Franz die Erkenntnis, dass er tatsächlich verdächtigt wurde. Welche Ironie des Schicksals! Gestern noch dachte er tatsächlich darüber nach. Er dachte an das Rasiermesser und an seine unglaubliche Wut!

Und dann..., als er endlich den Entschluss fasste, seinem Leben eine neue Richtung zu geben und sich von diesem Miststück, das sich seine Frau nannte, zu trennen, kommt doch wirklich jemand daher und killt sie. Irgendjemand hat ihm einen riesengroßen Gefallen getan. Ich sollte mich eigentlich bei ihm bedanken, dachte Franz und konnte gerade noch ein leichtes Grinsen verhindern.

„Also?" sagte Bruckner. „Wo waren sie? Wann sie zurückkamen, wissen wir ja."

Franz begriff, dass sie es völlig ernst meinten.

„Ich war in meiner Stammkneipe ganz in der Nähe und habe mich Volllaufen lassen."

„Die ganze Nacht? Und anschließend?

„Ja, ich hatte einen kleinen Streit mit meiner Frau. Sie hat mir Vorwürfe gemacht, weil ich Suppe verschüttet habe. Sie hat mich angeschrien, ich wollte mich nicht mit ihr streiten und bin in die Kneipe gegangen. Sie können ja den Wirt fragen.

Ich hab einen nach dem anderen getrunken und Mario, der Wirt, hat mich dann in einem kleinen Raum hinter der Theke schlafen lassen, weil ich einfach zu betrunken war.

Ich konnte kaum noch laufen. Mario wird ihnen das bestätigen. Als ich dann heute Morgen aufwachte, wollte ich nach Hause, um mich umzuziehen. Aber dazu kam ich ja nicht mehr, wie sie wissen."

„Wie spät war es, als sie die Wohnung verließen und in das Lokal gingen?" fragte Bruckner.

„Ich weiß nicht genau, ich glaube aber, es muss ungefähr so gegen zehn Uhr gewesen sein. Ich war ja vorher schon bei Mario in der Pinte, bin dann aber nach Hause. Meine Frau hat gleich weitergemacht mit den Vorwürfen, da bin ich wieder gegangen."

Franz schaute zu Bruckner und dann zu Bronner. Dieser beobachtete ihn aufmerksam, spielte dabei mit einem Bleistift und malte Kringel auf ein Blatt Papier.

„Sagen sie mir jetzt endlich, was geschehen ist?" Franz hielt es kaum noch aus. Er musste Gewissheit haben. Am liebsten hätte er einen der beiden gebeten, ihn zu kneifen. Das ist ein Traum. Du bist immer noch betrunken, dachte Franz. Das ist das Delirium. Gleich wirst du wach und bist zuhause in deinem Bett und Helga macht dich wieder zur Sau, weil du einen über den Durst getrunken hast.

„Gegen ein Uhr nachts hörte eine Nachbarin lautes Gepolter und Geschrei in ihrem Haus." Kommissar Bruckner redete langsam und beobachtete Franz dabei aufmerksam, um zu sehen, wie seine Worte auf ihn wirkten. Er versuchte in seinem Gesicht zu lesen wie in einem Buch. Mit dem Ergebnis war er aber nicht wirklich zufrieden. Langsam sprach er weitere:

„Sie dachte sich nichts weiter, da dies nach ihrer Aussage öfters vorkam. Sie hatten wohl sehr oft Streit mit ihrer Frau, Herr Klopfer, ist es nicht so?"

„Ja, Mann, aber ich habe ihr überhaupt nichts getan."

Franz blieb ruhig und schaute Kommissar Bruckner in die Augen.

Bruckner sprach langsam weiter: „Ein paar Minuten später ließ sie ihren Pudel noch einmal vor die Tür, weil der sich wie verrückt aufführte. Sie sah ihm nach, wie er schnurstracks zu ihrem Haus lief. Die Haustür war nicht geschlossen und der Hund verschwand darin. Ihre Nachbarin folgte ihm, ging ins Haus und fand ihre Frau mit durchschnittener Kehle."

Regungslos hörte Franz zu. Das durfte doch alles nicht wahr sein. Gestern noch wünschte er ihr alles Schlechte, hätte um ein Haar die Beherrschung verloren und nach dem Rasiermesser gegriffen und dann kam einer und erledigte das für ihn.

Er war frei, und das auf eine so unwahrscheinliche Art, dass ihm das niemand abnehmen würde. Keine Probleme mehr, kein Scheidungskrieg und als Sahnehäubchen obendrauf, wie ihm plötzlich bewusst wurde, war da noch die Lebensversicherung!

Er betrachtet dies als Abfindung für die letzten Jahre der Quälerei. Er hatte es verdient. Aber das durfte er natürlich nicht allzu laut aussprechen.

Gelassen ließ er die weitere Befragung über sich ergehen, denn er wusste, dass Mario seine Schilderung bestätigen würde.

Kurz darauf öffnete sich die Tür und Bruckner wurde von einem Kollegen heraus gewunken.

Nach etwa zwei Minuten kam er wieder.

„Sie können gehen, Herr Klopfer. Mario Kanter hat ihre Aussage bestätigt. Aber halten sie sich bitte weiterhin zu unserer Verfügung."

„Kann ich nach Hause gehen?" fragte Franz. „Ich meine...?"

„Ja, sie können ins Haus gehen. Die Untersuchungen dort sind für uns abgeschlossen und beendet."

Mit einem beklemmenden Gefühl machte Franz Klopfer sich auf den Heimweg. Er wusste nicht genau, was ihn dort erwartete. War da noch Blut zu sehen?

Er zögerte einen Augenblick, bevor er den Schlüssel ins Schloss steckte und die Tür öffnete.

Bin ich wirklich frei? Kommt sie jetzt nicht mehr auf mich zu wie eine wilde Furie und macht mich zur Sau wegen irgendeiner Kleinigkeit oder Lappalie?

Franz trat ein, schloss die Tür hinter sich und lauschte.

Nichts.

Keine Geräusche.

Kein Gezeter von Helga.

Er rief bei seiner Firma an, erklärte den Sachverhalt und nahm sich für die nächsten drei Wochen Urlaub.

Langsam ging er durch alle Räume. Es herrschte ein ziemliches Durcheinander, wahrscheinlich die Überbleibsel der Spurensuche der Polizei. Oder vielleicht auch von dem Einbruch, oder beides. Franz stellte fest, dass es ihm egal war.

Als er ins Bad kam blieb er wie angewurzelt stehen. Blutspuren auf dem Fußboden und an der Wand, Markierungen in Form eines Körperumrisses auf dem Boden.

Franz ließ seinen Blick im Raum umherwandern, ohne ihn zu betreten. Auf der Ablage unter dem Spiegel blieb sein Blick hängen. Etwas war anders.

Plötzlich wusste Franz was es war. Das Rasiermesser fehlte.

Wurde Helga mit meinem Rasiermesser die Kehle durchgeschnitten?

Franz ging ins Wohnzimmer und setzte sich aufs Sofa. Es kam ihm alles so unwirklich vor, die Ruhe fast unheimlich. Keine Helga, die ihn anfauchte. Kein Gezeter, niemand der ihn beschimpfte.

Noch lange saß er in der Stille und gab sich seinen Gedanken hin. Es überraschte ihn keineswegs, dass er nicht einmal trauern konnte. Er war nur erleichtert. Erleichtert darüber, dass er jetzt endlich frei war. Nach einiger Zeit raffte er sich auf und begann jeden einzelnen Raum sorgfältig zu säubern und aufzuräumen, wobei er alle Dinge, die ihn auch nur im Entferntesten an Helga erinnerten, in Kartons packte. Die Aktion dauerte bis in den späten Abend und als er endlich fertig war ging er zu Mario.

„Na? Wie geht's dir?" begrüßte Mario ihn.

„Ganz gut. Habe die ganze Zeit daheim aufgeräumt."

Mario nickte nur, sagte nichts weiter dazu.

„Morgen werde ich die Papiere sortieren und nach einem Beerdigungsinstitut Ausschau halten. Sobald ihre Leiche von der Polizei freigegeben wird, soll die Beerdigung sein." Franz schaute in sein Glas. „Weißt du, dass ich mich erleichtert fühle?" fragte er Mario.

Dieser nickte. „Wenn du jemanden zum Reden brauchst, du weißt ja."

„Dank dir. Ich werde jetzt auch gehen. Wollte nur kurz Hallo und danke sagen."

„Willst du wirklich nach Hause gehen? Du kannst gerne hier bleiben, solange du willst."

Mario schaute Franz besorgt an. Er konnte sich nicht vorstellen, dass Franz nach diesen Ereignissen wirklich in dem Haus schlafen wollte. Für ihn war es unvorstellbar in einem Haus zu schlafen, wo kurz vorher jemand getötet worden ist.

„Das ist wirklich nett von dir. Danke, ich bleibe heute Nacht."

Am nächsten Morgen ging Franz nach Hause. Er fühlte sich jetzt in der Lage, die persönlichen Sachen und die Papiere von Helga durchzusehen. Franz stellte fest, dass er sich schon seit Jahren nicht mehr so gut gefühlt hatte. Er machte sich einen Kaffee und nahm sich den ersten Karton mit Helgas Papieren vor. Gestern hatte er alles einfach ungesehen hineingeworfen.

Je weiter er ihre persönlichen Unterlagen durchsah, desto mehr wurde ihm bewusst, dass er seine Frau gar nicht kannte. Zwischen diversen Papieren von Banken und Versicherungen fand Franz auch einige Ausdrucke von E-Mails. Offensichtlich hat sie irgendeinem wildfremden Mann jedes Mal geschrieben.

Wir haben doch gar keinen Computer, dachte Franz. Woher hat sie die?

Ein paar Tage später erschien der Kommissar Bruckner und teilte ihm die neuesten Erkenntnisse mit.

Im Mordfall Helga Klopfer hatten die Ermittler einen Tatverdächtigen. Es sah alles danach aus, als wäre er in der Nacht eingebrochen und Helga Klopfer hätte den Eindringling überrascht. „Außerdem wurde ihre Frau vergewaltigt, bevor ihr die Kehle durchschnitten wurde."

Der Verdächtige war ihnen durch Zufall ins Netz gegangen. Er wurde bei einem Einbruch auf frischer Tat erwischt und bei der anschließenden Hausdurchsuchung fanden die Ermittler unter anderem auch ein Rasiermesser, auf dem noch verkrustete Blutreste zu finden waren.

Nach der Untersuchung im Labor stellte sich heraus, dass das Blut auf dem Messer mit dem Blut Helgas identisch war. Nach stundenlangen Verhören gestand er den Mord.

Als Bruckner gegangen war, stand Franz noch eine Weile am Fenster und starrte hinaus, ohne wirklich etwas zu sehen. Auf einmal fiel ihm der Spruch von seiner Trauung mit Helga ein, der für ihn jetzt einen Sinn ergab. Helga bestand damals darauf, diesen Satz quasi als ständige Erinnerung auf das Hochzeitsfoto drucken zu lassen, damit er jedes Mal daran erinnert wurde, wenn er auf das Bild schaute.

In fetten und verschnörkelten Buchstaben stand dort auf der Rückseite:

Bis das der Tod uns scheidet

Die Zeugin

Kapitel 1

Es war eine warme Sommernacht, ein Freitagabend im August. Obwohl die Sonne bereits vor ein paar Stunden untergegangen war zog sich immer noch eine angenehme Wärme durch die ganze Stadt. Anna saß allein am alten, abgelegenen Güterbahnhof und war in Gedanken versunken. Der ganze Stress der sich seit einigen Wochen bei ihr zu Hause abspielte, wurde langsam aber sicher unerträglich. Ihre Eltern schrien sich gegenseitig nur noch an, normale Gespräche gab es überhaupt nicht mehr. Anna war sich ziemlich sicher, dass es höchst wahrscheinlich nicht mehr lange dauern würde, bis die beiden sich Endgültig trennten. Na ja, vielleicht war es auch besser so.

Sie schob den Ärmel ihrer Jacke zur Seite und sah auf die Uhr. Es war bereits viertel nach eins, doch irgendwie verspürte sie noch nicht das Bedürfnis sich auf den Nachhauseweg zu machen. Sie lauschte den Geräuschen um sich herum, in weiter Ferne war der übliche Verkehrslärm zu hören, selbst bei Nacht herrschte noch reges Treiben auf den Straßen, aber das hatten Großstätte wohl so an sich. Neben dem Verkehrslärm, war nun außerdem Sirenengeheul zu hören, vielleicht die Polizei, oder Feuerwehr oder vielleicht einfach nur Krankenwagen auf dem Weg zu einem Einsatzort.

Anna sah sich um. Außer ein paar alten Eisenbahnwagon, die immer mehr zwischen Gras, Unkraut und Sträuchern verschwanden gab hier nun wirklich nichts Besonderes, doch hier hatte sie wenigstens Ihre Ruhe. Sie kramte in ihrer Tasche und zog eine zerknitterte Schachtel Marlboro heraus.

Sie nahm sich die letzte Zigarette zerdrückte die leere Schachtel in der Hand und ließ sie neben sich fallen.

Anschließend zündete sie die Zigarette an und nahm einen tiefen Zug. Sie hatte schon oft darüber nachgedacht mit dem Rauchen aufzuhören und es auch mal eine Zeit lang versucht, doch letzten Endes war der Wille dann doch zu schwach gewesen. Während sie genüsslich den Rauch ein sog, überlegte sie sich was sie wohl ihrer Mutter erzählen sollte, warum sie so spät nach Hause kam, aber da würde ihr spontan schon was einfallen. Als von der Zigarette fast nur noch der Filter übrig war, nahm sie noch einen letzten Zug und schnippte sie anschließend in die dunkle Nacht.

Irgendwie war es hier schon ein bisschen unheimlich und eigentlich auch nicht ganz ungefährlich, denn immerhin trieben sich hier gelegentlich Obdachlose auf der Suche nach einem Schlafplatz oder auch irgendwelche Jugendgangs herum die ein ungestörtes Plätzchen für ihre Partys suchten.

Anna stand auf, klopfte sich den Staub von der Hose und nahm ihre Tasche. Sie wollte gerade gehen, als sie etwas weiter entfernt Stimmen hörte, die höchstwahrscheinlich vom anderen Ende des total zerfallenen Gebäudes kamen, vor dem sie stand. Die Stimmen wurden lauter, kamen anscheinend näher. Obwohl das ganze schon ein wenig unheimlich war, siegte schließlich die Neugier, sie würde nur einen kurzen Blick riskieren. Anna stieg die heruntergekommenen Treppen des alten Bahnsteigs hinauf und ging langsam um das Gebäude herum, aus dessen Wänden schon einige Steine fehlten, zudem lagen überall kaputte Dachziegel herum, sie musste also aufpassen nicht irgendwelchen Lärm zu machen.

Sie schlich vorsichtig an der Mauer entlang, um auf keinen Fall gesehen zu werden. Sie war nur noch wenige Schritte von der Hausecke entfernt, von dort aus würde sie bestimmt sehen können was dort vor sich ging. Zuerst riskierte sie nur einen ganz kurzen Blick. Ca. 150 m von ihr entfernt standen 6 Jungs auf den zugewachsenen Bahngleisen, die Typen waren Schätzungsweise 17-20 Jahre alt, genau konnte Anna das aus der Entfernung nicht erkennen.

Einer der Jungs sprach in einem ziemlich lauten, beherrschenden Ton, anscheinend war der Boss oder Anführer der Truppe. Sie hatte schon fast das Interesse an dem ganzen Geschehen verloren, als der so genannte „Boss" anfing einen der Jungs ziemlich heftig anzupöbeln, er schubste ihn und gab ihm anschließend eine Ohrfeige. Das Geschrei wurde lauter und die Truppe kam ein Stück näher in Annas Richtung. Sie wich einen Schritt zurück, um sicher zu gehen, dass niemand sie bemerkte und versuchte genauer hinzuhören, worum es bei dem offensichtlichen Streit ging. Doch leider nahm sie nur Bruchstücke und Wortfetzen wahr.

„Du wirst uns alle verraten." meldete sich jemand aufgeregt zu Wort.

„Wegen dir wandern wir alle in den Knast." schrie ein anderer „dafür wirst du bezahlen." Anna ahnte das die ganze Sache wohl ziemlich Ernst sein musste, doch was dann passierte, war doch etwas zu krass, damit hätte sie im Leben nicht gerechnet. Der Boss, der wie sie nun in Dunkelheit schwach erkennen konnte, ziemlich groß und kräftig war, ging immer näher auf den Typen zu, den er zuvor geschubst und geschlagen hatte. Dieser wiederum ein kleiner und eher schlaksiger Typ mit Wasserstoffblonden Haaren, die sogar im dunklen zu erkennen waren, wich immer weiter zurück. Plötzlich blieben beide abrupt stehen, wieder folgte Geschrei, doch dieses Mal konnte Anna kein Wort verstehen. Dann geschah das unfassbare. Der „Boss" griff in seine Jackeninnentasche und holte eine Waffe, irgendeine Pistole hervor.

„Na Angst?" fragte er spöttisch.

Er fuchtelte damit herum und hielt sie seinem Opfer schließlich an den Hals.

„Glaubst du ich hab Angst vor dir du Penner? Die Bullen kriegen euch so oder so."

Zwei der Typen, die ringsherum standen, sahen sich immer wieder nervös um. Anna blieb fast das Herz stehen, sie ging in die Hocke und lehnte sich an die Wand, sonst wäre sie wahrscheinlich auf der Stelle umgekippt. Sie konnte nicht fassen was da gerade vor sich ging, das durfte doch alles nicht wahr sein.

„Was mache ich eigentlich hier verdammt?" fragte sie sich selbst. Allerdings war das Ende des ganzen Übels noch nicht erreicht. Anna hatte nur für ein paar Sekunden die Augen geschlossen, um sicher zu gehen, dass nicht alles nur ein Böser Traum war, als sich dann, wie aus dem nichts ein Schuss löste, der die Stille der Nacht für einen Augenblick durchbrach, wusste sie dass es kein Traum war, sondern knallharte Realität. Die Stille kehrte zurück und es herrschte im wahrsten Sinne des Wortes Totenstille. Anna warf einen Blick um die Ecke und hielt sich blitzartig die Hände vors Gesicht, um einen Schrei zu unterdrücken. Sie sah ein zweites Mal hin und stellte mit entsetzten fest, dass sie gerade Zeugin eines Mordes geworden war. Sie sah einen Regungslosen Körper auf dem Boden liegen, die anderen Typen standen einfach nur da, fast so als wäre das was geschehen war etwas ganz normales. Tränen stiegen Anna in die Augen und liefen über ihr Gesicht, die salzigen Tropfen sammelten sich auf ihren Lippen, plötzlich stieg ein Gefühl von Übelkeit in ihr auf. Langsam erreichte der ekelhafte Geschmack ihren Hals sie taumelte ein paar Schritte zurück, konnte sich nun nicht mehr zurück halten und musste sich übergeben. Danach ging es ihr zwar nicht wirklich besser, aber in dieser Situation war das wohl auch kaum verwunderlich.

Nachdem sie sich wieder halbwegs gefangen hatte, blickte sie noch ein weiteres Mal um die Ecke. Die Jungs führten wohl eine heftige Diskussion, jedenfalls redeten alle laut durcheinander, aber Anna konnte noch nicht ganz verstehen was dort nun im Gange war. Ein etwas größerer Typ, mit kurzen, dunklen Haaren, der außerdem etwas muskulöser zu sein schien, hatte sich vor dem Kerl mit der Waffe aufgebaut.

Es sah fast so aus als würde sich nun ein weiterer Streit entwickeln. Plötzlich bekam der dunkelhaarige einen Schlag ins Gesicht und anschließend mehrere Schläge und Tritte in den Bauch, bis er schließlich zu Boden ging. Doch selbst als er sich nun nicht mehr wehren konnte, verpasste sein Gegner ihm noch heftigen Tritt ins Gesicht. Dann sagte er etwas, was Anna zu Abwechslung mal wieder verstehen konnte, doch mittlerweile war ihr eigentlich alles egal.

„Wenn du dein Maul nicht hältst Junge, dann ergeht es dir genauso."

Der Typ am Boden krümmte sich vor Schmerzen. Kurz darauf löste sich die Truppe auf, alle verschwanden in andere Richtungen, sie sahen sich immer wieder nervös nach möglichen Zeugen um, bis schließlich niemand mehr zu sehen war.

Anna dachte noch einen Augenblick über ihre Momentane Situation nach und kam zu dem Entschluss, dass es am besten wäre, sich ebenfalls schleunigst aus dem Staub zu machen. Sie drehte sich um und trat unbeabsichtigt gegen einen Dachziegel, der daraufhin gegen die Wand flog und dort mit lautem scheppern in seine Einzelteile zersprang.

Panik stieg in ihr auf, sie blickte noch einmal zurück und musste dann mit Entsetzen feststellen, dass der verletzte Unbekannte sie bemerkt hatte. Ohne weiter nachzudenken, rannte sie los, die Treppen hinunter, durch das hohe Gras, die Zugewachsenen Gleise, quer über das Ganze Gelände. Sie spürte ihr Herz wie wild in ihrer Brust schlagen, die Kondition lies auch langsam nach, aber sie durfte jetzt auf keinen Fall stehen bleiben.

Sie warf einen Blick über ihre Schulter und sah, dass sie verfolgt wurde, er war trotz Verletzungen ziemlich schnell und kam immer näher. Sie hatte schon das Tor zum Ausgang im Blick, als das Schicksal sich mal wieder einmischte. Sie stolperte über einen herumliegenden Ast und fiel hin. Sie hatte keine Chance wieder aufzustehen, sie drehte sich auf den Rücken, als ihr Verfolger sich auf sie stürzte und ihr den Mund zuhielt. Anna geriet noch mehr in Panik, sie schlug um sich und versuchte alles um sich zu wehren, doch es schien aussichtslos, der Typ war einfach stärker. Während er über ihr kniete und ihr immer noch den Mund zu hielt, versuchte sie in der Dunkelheit sein Gesicht zu erkennen.

Es dauerte einen Moment, doch schließlich erkannte sie ihn. Der andere Kerl hatte ihn ganz schön übel zugerichtet, sein ganzes Gesicht war voller Blut, doch trotzdem wusste Anna wen sie hier vor sich hatte.

Kapitel 2

Sie kannte zwar nicht seinen Namen, wusste aber 100%, dass er auf ihre Schule, in ihre Parallelklasse ging. Trotzdem wusste sie absolut nicht wie sie ihn einschätzen sollte. Was war, wenn er ein brutaler Schläger war und sie jetzt an seine Kumpels ausliefern würde? Tausend Gedanken gingen ihr durch den Kopf. Plötzlich sprach er mir ihr.

„Pass auf ich nehme jetzt meine Hände von deinem Mund, aber nur wenn du die Klappe hältst und nicht schreist verstanden?"

Sie nickte und ließ langsam seine Hände sinken.

„Verdammt was zum Teufel machst du denn hier?"

Seine Stimme klang alles andere als aggressiv, sie war ruhig und verständnisvoll trotzdem fand Anna auf die Schnelle keine Antwort auf die Frage.

Er setzte sich neben sie, lies sie allerdings keine Sekunde aus den Augen. Ihr war klar, dass verschwinden sinnlos gewesen wäre, also versuchte sie erst mal ruhig zu bleiben.

Leider klappte das nicht so ganz, Tränen stiegen ihr in die Augen und sie begann erneut zu weinen, sie konnte einfach nicht anders, das was in der letzten halben Stunde passiert war, war einfach zu viel für sie gewesen.

Der Typ legte einen Arm um ihre Schulter, anscheinend war er wirklich nicht so ein brutales Arschloch wie seine Freunde, doch Anna blieb weiterhin misstrauisch.

„Hey, ich werde dir gar nichts tun, das schwör ich dir."

Es dauerte eine Weile, bis sie sich wieder etwas beruhigt hatte, dann sah sie ihm für einen Moment direkt in die Augen.

„Verrätst du mir deinen Namen?" sie wich seinem Blick aus und überlegte kurz bis sie ihm antwortete.

„Damit du mich bei deinen Freunden verpfeifen kannst?"

„Nonsens warum sollte ich das tun?"

„Weil ich gesehen habe was ihr getan habt, ihr haben jemanden umgebracht."

Er verschränkte einen Moment lang die Hände vor seinem Gesicht. „Wirst du mich bei den Bullen verpfeifen?" Sein Blick schien ein wenig ängstlich.

„Nein ich weiß ja schließlich auch gar nicht so richtig wer du bist."

„Nick."

Er hielt ihr die Hand hin und wartete auf ihre Reaktion. Sie dachte kurz nach und nahm dann seine Hand.

„Ich bin Anna."

Plötzlich waren wieder Stimmen zuhören, Anna bekam es mit der Panik, waren die Kerle etwas zurückgekommen? Die zwei sahen sich um und erblicken schließlich einen Obdachlosen mit seinem Hund einige Meter entfernt. Nick sprang auf und nahm Anna an die Hand.

„Wir müssen sofort hier verschwinden."

Er rannte los und zog sie hinter sich her, die beiden liefen so lange bis sie vollkommen außer Atem eine U-Bahnstation erreichten. Anna sah ihn ängstlich an.

„Und was machen wir jetzt? Der Typ hat uns gesehen und es bestimmt nur eine Frage der Zeit bis er…" Sie brach mitten im Satz ab, es wäre wohl besser wenn sie in der Öffentlichkeit nicht über die ganze Sache sprach, obwohl der Bahnsteig menschenleer war. Nick setzte sich auf eine der herumstehenden Bänke, im Licht sah sein Gesicht noch viel schlimmer aus. Anna setzte sich neben ihn.

„Der Typ hat dich ganz schön erwischt. Sieht echt schlimm aus."

„Halb so schlimm."

„Und wie geht's jetzt weiter?"

„Keine Ahnung."

„Ich muss erstmal nach Hause, ist ja schließlich schon kurz vor drei. Oder hast du vor mich hier noch länger festzuhalten?"

Er schüttelte den Kopf. „Nein, aber wir treffen uns morgen, vielleicht ist mir dann was dazu eingefallen wies nun weiter geht."

„Okay wann und wo?"

„Um 11.00 Uhr am Sportplatz Kölner Straße."

„Gut also bis dann."

Kommissarin Alexa Peters saß gegen halb vier morgens immer noch im Büro an ihrem Schreibtisch. Der Kaffee in der großen, roten Tasse war mittlerweile kalt. Seit Stunden saß sie an derselben Stelle und blätterte zahllose Akten durch, langsam war sie so Müde, dass sie ihr bereits gelegentlich die Augen zu vielen.

Sie wurden aus ihren Gedanken gerissen, als ihr Kollege Thomas Lennart in ihrer Bürotür erschien. Er sah im Gegensatz zu ihr recht ausgeschlafen aus und schenkte ihr eins seiner gewohnten grinsen.

„Na du machst wohl nie Feierabend was?"

Sie warf ihm einen kurzen Blick zu und strich sich anschließend mit den Händen durchs Gesicht. „Ich bin immer noch mit dieser Drogendealer Sache beschäftigt, aber irgendwie komme ich einfach nicht weiter."

„Du solltest erstmal eine Runde schlafen vielleicht kannst du dann wieder normal denken."

„Ja du hast Recht ich glaub ich werde mich ein paar Stunden hinhauen."

Das Gespräch der beiden wurde durch das Klingeln von Alexas Telefon unterbrochen. Sie ging um den Schreibtisch herum, ließ sich in den Stuhl fallen und nahm schließlich den Hörer in die Hand.

„Peters." meldete sie sich mit müder Stimme. Am anderen Ende sprach ein Kollege aus dem Streifendienst, er schien ziemlich aufgeregt. Lennart beobachtete seine Kollegin, die sich konzentriert ihrem Telefongespräch widmete und wartete darauf, dass sie auflegte. Ein paar Minuten später tat sie das auch, sah dabei aber alles andere als erfreut aus.

„Tja scheint so als müsste mein Bett noch warten."

„Was ist passiert?"

„Ein toter jugendlicher am Güterbahnhof. Schuss in die Brust, Selbstmord ausgeschlossen."

„Okay ich fahr dich hin."

„Du hast doch bestimmt anderes zu tun."

„Ja aber in deiner Verfassung werde ich dich ganz bestimmt nicht fahren lassen."

Da diskutieren hier sinnlos gewesen wäre, nahm Alexa ihre Jeansjacke von dem Garderobenständer und folgte Lennart auf den Parkplatz. Die zwei stiegen in einen 5er BMW, den Lennart anschließend auf die Straße Richtung Güterbahnhof steuerte. Bereits nach 10 Minuten hatten sie ihr Ziel erreicht. Überall wimmelte es von Streifenpolizisten, sowie jede Menge Presseleuten. Die zwei stiegen aus und gingen unter der Polizeiabsperrung hindurch. Sofort kam ein Kollege, ebenfalls in Zivil angelaufen und schien dabei ganz außer Atem zu sein.

„Kommissarin Peters? Mein Name ist Paul Koch, Morddezernat Süd, wir erwarten sie schon."

Alexa erkannte sofort das hier einen Neuling vor sich hatte, der wahrscheinlich frisch von der Polizeischule kam, sie schenkte ihm also keinerlei große Beachtung und ging weiter in Richtung Tatort. In einiger Entfernung sah sie ein vertrautes Gesicht von der Spurensicherung und machte einen Abstecher dorthin.

„Hallo Klaus, was habt ihr?"

„Ach Alexa lange nicht gesehen, bis jetzt leider noch nicht allzu viel. Wie du wahrscheinlich weißt, ist der Junge durch einen Schuss in die Brust getötet worden, ganz klar Mord, der Typ der Waffe wird zurzeit noch überprüft. Wir haben Zigarettenstummel, ein paar Flaschen, aber das war's auch schon. Ach ja, und die Fingerabdrücke an der Leiche müssen noch überprüft werden."

„Na ja das ist ja schon mal besser als gar nichts, danke erstmal."

Sie wandte sich wieder Lennart zu und ging mit ihm weiter zur Leiche. Der Junge lag noch so da, wie er gefunden wurde, er war blass und starrte mit seinem leeren Blick in den Himmel. Ein weiterer Polizist trat an Alexa heran. „Hallo Frau Peters, schein ja wieder eine lange Nacht für sie zu werden."

„Ja das kann man wohl sagen. Könnten sie den Jungen bereits identifizieren."

„Allerdings er hatte ein Portemonnaie bei sich mit Ausweis und allem. Sein Name ist Phillip Schubert,

17 Jahre alt, laut Schülerausweis war er Schüler an der Morgenstern Gesamtschule. Mehr wissen wir noch nicht, wir versuchen gerade die Eltern zu erreichen."

„Wer hat ihn gefunden?"

„Ein Obdachloser, er sagt er war zusammen mit seinem Hund auf der Suche nach einem Schlafplatz."

„Sonst irgendwelche Zeugen?"

„Nicht direkt, der Mann sagt er hatte aus einiger Entfernung zwei Jugendliche verschwinden sehen einen Jungen und ein Mädchen mit blonden Haaren. Allerdings muss ich dazu sagen der Mann riecht, wie eine ganze Schnapsbrennerei was natürlich nichts heißen muss na ja ich muss dann weitermachen, falls sie keine weiteren Fragen haben?"

„Nein für den Moment nicht danke."

Alexa sah, wie die Leiche des Jungen abtransportiert wurde, sie sah sich noch einen Augenblick um und forderte dann ihren Kollegen Lennart zum Gehen auf.

Auf dem Rückweg ins Büro herrschte schweigen. Irgendwie kam dieser Junge der Kommissarin bekannt vor, allerdings wusste im Moment noch nicht genau, wo sie ihn hin stecken sollte. Als sie den Parkplatz der Polizeiwache wieder erreichten hatten war es kurz nach fünf. Alexa spürte jeden Muskel und Knochen in ihrem Körper, daher beschloss sie kurzerhand, dass es, doch besser wäre erstmal ein paar Stunden zu schlafen.

Kapitel 3

Gegen kurz vor elf am nächsten Tag erreichte Nick den Sportplatz, an dem er mit Anna verabredet war. Sie schien noch nicht da zu sein, er setzte sich also auf eine Bank und zündete sich eine Zigarette an. Immer wieder sah er sich nervös um, wenn ihn jemand von seinen Leuten zusammen mit Anna sehen würde, könnten beide ihr Testament machen.

Die Platzwunde über seinem rechten Auge, die er notdürftig mit einem Pflaster versorgt hatte, tat immer noch höllisch weh. Nachdem er aufgeraucht hatte, zog sein Handy aus seiner Hosentasche, es war fünf nach elf immer noch keine Spur von Anna.

Er wurde immer ungeduldiger, dass Frauen aber auch nie pünktlich sein konnten. Als er schließlich aufstand, um sich nochmals umzusehen tauchte sie schließlich auf. Sie schien ziemlich außer Atem zu sein.

„Sorry, aber ich hab die U-Bahn verpasst und da ich ja leider nicht über telepathische Fähigkeiten verfüge, könnte ich dir das leider nicht mitteilen."

„Schon okay."

Anna sah ihn einen Moment an, ohne etwas zu sagen, die Sache schien ziemlich fertig zu machen, so sah es zumindest für sie aus.

„Warst du beim Arzt?" Sie deute auf seine Kopfverletzung.

„Wozu? Ist alles halb so schlimm, tut nur ein bisschen weh, aber wird schon wieder."

„Na wenn du meinst."

Er war ein ziemlicher Sturkopf das stand fest und ihr war klar, dass sie ihn sowieso nicht davon überzeugen konnte sich mal von einem Arzt durchchecken zu lassen, also versuchte sie es erst gar nicht.

„Und hast du dir überlegt wie jetzt weiter gehen soll?"

Sie zog einen Stück Papier aus ihrer Hosentasche, einen Zeitungsartikel. Sie faltete die Seite auseinander und reichte sie Nick. Es war die Titelseite der Tageszeitung dort stand in großes, fetten Buchstaben: „Tot am Güterbahnhof, Jugendlicher durch Schusswaffe getötet" Nick überflog den Artikel am Ende bat die Polizei darum das sich mögliche Zeugen unbedingt sofort melden sollten.

„Scheiße."

„Das kannst du wohl laut sagen."

Er ließ sich wieder auf der Bank nieder, stütze die Arme auf seine Knie und hielt sich mit den Händen das Gesicht. Anna setzte sich neben ihn hin und wartete auf eine Reaktion, als dann lange nichts als Schweigen kam, meldete sie sich endlich zu Wort.

„Erzählst du mir, warum das alles passiert ist?"

Er setzte sich wieder gerade hin und zündete sich eine Zigarette an. Nachdem er einen tiefen Zug genommen hatte kam schließlich die Antwort. „Wenn ich dir das jetzt erzähle, dann steckst du genauso tief in der ganzen Sache drin wie ich."

„Tu ich das nicht ohnehin schon? Nick ich hab den Mord gesehen und die ganze Nacht nicht geschlafen weil ich immer wieder darüber nachgedacht habe, warum der Typ wohl sterben musste. Also sag mir jetzt bitte was Sache ist."

Ihre Stimme klang sehr bestimmend und Nick war klar, dass es keinen Sinn hatte ihr mit irgendwelchen Ausreden oder gar Lügen zu kommen.

„Ja okay. Aber du schwörst mir, dass es unser Geheimnis bleibt?"

„Natürlich, versprochen."

„Pass auf, die Kerle, mit denen ich gestern Abend dort war, arbeiten für einen Drogenboss, einen ziemlich brutalen, um ehrlich zu sein, genau wie auch." Anna sah ihn fassungslos und verwirrt an.

„Du bist ein Junkie?"

„Nein man spinnst du lass mich doch erstmal ausreden. Also dieses Drogenboss bekommt regelmäßig Lieferungen von allen möglichen Drogen Koks, Heroin, Speed usw. das Zeug kommt aus Kolumbien und sonst wo her. Na ja, auf jeden Fall müssen wir dann zusehen das, die Drogen aus dem Hafen direkt zu seinen ganzen Dealern kommen und dafür abkassieren. Wenn's gut läuft gibt's manchmal 500 € am Tag und wenn's mies läuft schickt er dir seine Schläger auf den Hals."

Anna sah ihn vollkommen schockiert an.

„Warum machst du so was Nick? Nimmst du auch so 'n Scheiß?" Er sah die Enttäuschung in ihren Augen.

„Hey ich schwöre dir, dass ich das Zeug nicht anpacke."

„Warum dann?"

„Ich bin vor 2 Monaten von zu Hause verschwunden, weil ich tierischen Stress hatte, ich wohn bei einem Freund und brauch halt Geld, um mir endlich was eigenes zu Suchen. Einer der Typen, die da mitmachen geht in meine Klasse und meinte, dass man dort jede Menge Kohle bekommt. Ich dachte mir dann ich mach das dann für ein paar Wochen bis ich genug Geld hab und dann steig ich wieder aus, aber so einfach ist das nicht."

„Und was war dann gestern Abend los?"

„Phillip, also der Typ, den sie kalt gemacht haben, war erst seit kurzem dabei und natürlich sofort gecheckt was da für miese Geschäfte ablaufen. Das war ihm alles viel zu riskant, und er wollte wieder aussteigen. Der Oberboss meinte also wir sollten ihm ein bisschen Angst machen und dazu bringen dabei zu bleiben. Phillip hat dann angefangen Richie, den Typen mit der Waffe zu provozieren, er meinte er will zu den Bullen gehen und uns alle in den Knast bringen. Na ja, und dann ist Richie völlig ausgeflippt und hat auf ihn geschossen."

„Und jetzt was willst du machen? So tun, als wenn das alles nicht passiert wäre?"

Er stand auf und kehrte ihr den Rücken.

„Nein verdammt, ich weiß nicht was ich machen soll, wenn ich zu den Bullen gehe machen die mich auch kalt, die kennen da nichts."

Anna stand auf, ging zu ihm und nahm ihn in den Arm. Es dauerte einen Augenblick, doch dann erwiderte Nick die Umarmung. Sie erschrak in dem Moment der Erwiderung.

Obwohl sie ihn eigentlich kaum kannte, hatte sie plötzlich ziemliche Angst um ihn. Sie standen eine Weile einfach nur so da, Anna fühlte sich in Nicks Gegenwart etwas sicherer, aber sie wusste das sie wenn die Typen erfahren würden, was sie gesehen hatte, in ziemlicher Gefahr war, denn anscheinend kannte diese Leute wirkliche keine Skrupel. Sie löste sich aus der Umarmung und sah Nick mit ernstem Blick an.

„Ich hab Angst."

„Die werden dir nichts tun, sie wissen ja nicht was du gesehen hast."

„Und was ist mit dir?"

„Tja wir werden sehen."

Er sah erneut auf die Uhr, mittlerweile war es kurz vor zwölf. Er musste sich mal wieder bei den Jungs sehen lassen. „Ich muss los, sonst denken die noch ich bin bei den Bullen gewesen."

„Pass auf dich auf."

„Mach ich versprochen."

Er wollte sich schon zum Gehen umdrehen als Anna noch einen Moment zurück hielt.

„Nick?" Er schaute sie an und sah an ihrem Blick das ziemlich besorgt war.

„Kann ich dich anrufen, wenn was ist?"

„Na klar."

Sie kramte ihr Handy aus ihrer Tasche, und Nick kam einige Schritte auf sie zu. Er speicherte seine Nummer am und lies sich anschließend ihre geben. Dann verabschiedete er sich endgültig und ging. Anna sah ihm noch eine Weile nach, bevor sie sich selbst auf den Weg machte. Sie hoffte sehr, dass sie ihn nicht zum letzten Mal gesehen hatte.

Die Jungenclique um Mike, Steve, Alex und Richie saß währenddessen in ihrem so genannten Hauptquartier, einer alten, runtergekommenen Lagerhalle am Hafen. Seit vielen Jahren stand sie leer und wurde nun von den Jungs als Treffpunkt genutzt. Das Gebäude war bereits ziemlich eingefallen, sodass ein Außenstehender nie auf die Idee gekommen wäre, dass hier jemand aufhielt.

Obwohl es erst Mittag war, machte bereits eine Flasche Wodka die Runde. Plötzlich wurde mit einem lauten Knall die Tür aufgestoßen und ein riesiger Typ mit Türsteher Statur und Lederjacke betrat den Raum.

Er war wirklich ein ziemliches Muskelpaket, jemandem wie ihm sollte man lieber nicht allein im Dunkeln begegnen. Auf der rechten Wange hatte er eine ziemlich große Narbe die höchstwahrscheinlich von einem Messer stammte. Die Jungs unterbrachen ihre Zeremonie und sahen ihn alle voller Ehrfurcht mit großen Augen an. Er warf einen Blick auf Richie und verzog sein Gesicht zu einem hinterhältigen Grinsen.

„Richie ich denke wir zwei haben etwas Wichtiges zu bereden. Unter vier Augen."

Er drehte sich um und verließ den Raum, seine Schuhe polterten laut über den Holzfußboden. Richie nahm noch einen letzten großen Schluck aus der Wodkaflasche und folgte ihm dann.

Der Typ, der für alle nur Lupo hieß, war im richtigen Leben als Ludger Müller bekannt, er hatte sich in einen der Nebenräume verzogen und wartete dort auf seinen Gesprächspartner. Er hatte sich einem alten Sessel niedergelassen und die Beine übereinander geschlagen, als Richie hereintrat.

„Schließ bitte die Tür." sagte er bestimmend.

Richie tat wie ihm befohlen und trat ein paar Schritte näher.

„Was gibt's denn?"

Lupo erhob sich, an seinem Handgelenk rasselten Goldarmbäder, er ging vor einem der dreckigen Fenster auf und ab, das klackern seiner Schuhe machte Richie mächtig nervös.

„Ich dachte du würdest mir erklären was los ist." sagte er in spöttischem Ton. Er zog eine Zeitung aus seiner Jackeninnentasche und warf sie auf einen kleinen, klapprigen Holztisch, der neben dem Sessel stand.

„Sieh dir das an."

Richie ging langsam und unsicher auf den Tisch zu, er konnte schon aus etwas Entfernung die Titelseite der Tageszeitung erkennen. Lupo ging zu ihm, packte ihn mit festem Griff im Nacken und schlug ihn mit dem Gesicht auf den Tisch, der daraufhin komplett auseinander brach. Richie merkte, wie sich Blut in seinem Mund und seiner Nase sammelte und schließlich durch sein Gesicht herauslief.

„Kannst du mir diesen Scheiß vielleicht mal erklären du Vollidiot. Und jetzt komm mir bloß nicht mit irgendeiner dummen Ausrede." Sein Tonfall war böse und von Hass erfüllt, man konnte regelrecht sehen, wie die Wut immer mehr in ihm aufstieg.

„Also ich … na ja…" stammelte Richie hervor.

Lupo hob die Zeitung aus und las vor: „Tot am Güterbahnhof, Jugendlicher durch Schusswaffe getötet, der 17-jährige Phillip S. und so weiter, und so weiter…"

Richie kniete immer noch vor dem nun kaputten Tisch, Lupo zog ihn mit einem Ruck wieder auf die Beine und verpasste ihm einen heftigen Schlag ins Gesicht. Er taumelte etwas zurück und hielt sich mit einer Hand die Wange, die vor Schmerz pochte.

„Du solltest ihm Angst einjagen, ihn warnen aber ihn verdammt noch mal nicht umbringen." Er war außer sich vor Zorn, trat gegen den alten Sessel, der daraufhin ebenfalls scheppernd in alle Einzelteile zersprang.

„Phillip hat mich provoziert, er hat gesagt er geht zu den Bullen."

„Hör mal zu du kleiner Penner, wenn ich jeden der mich provoziert gleich umlegen würde, hätte diese Stadt nicht mehr viele Einwohner. Wo ist überhaupt Nick?"

Richie war sichtlich eingeschüchtert.

„Na ja er hat sich eingemischt und wollte mir meinen Auftritt vermasseln, da hab ich ihm ein paar verpasst."

Lupo' s Augen glühten geradezu vor Hass und Wut. Er ging auf Richie zu und verpasste im einen Tritt in den Bauch. Dieser krümmte sich vor Schmerz zusammen.

„Jetzt pass mal gut auf, du elender Versager hast hier nichts zu melden was ich nicht angeordnet habe ist das klar? Nick gehört zu unseren besten Leuten und ihm wäre bestimmt nicht so ein beschissener Fehler passiert also pass in nächster bloß auf was du tust und wage es ja nicht Nick noch einmal anzufassen sonst vergesse ich mich vielleicht. Ist das in deinem kleinen Spatzenhirn angekommen?"

„Ja schon okay, ich hab's kapiert." stammelte Richie. „Das hoffe ich für dich, reiß dich bloß zusammen."

Lupo verließ den Raum und Richie bleib allein zurück. Dieser dachte einen Moment nach. So konnte er sich unmöglich vor seinen Leuten sehen lassen. Er stand langsam auf, sein Gesicht und sein Bauch schmerzten immer noch, dann ging er leise über den Flur, um keinen Aufmerksamkeit auf sich zu ziehen und verschwand.

Als Nick gegen halb eins bei seiner Clique am Hafen ankam, saßen die Jungs immer noch bei ihrer Flasche Wodka.

„Ach sie an dich gibt's auch noch." wurde er von Steve begrüßt.

„Klar, aber es kann nicht jeder schon zum Frühstück eine Flasche Wodka platt machen."

„Lupo war gerade hier, hat ziemlich Stress geschoben. Ich glaub Richie hat ein paar aufs Maul bekommen."

„Tja, ich denk da ist er ja wohl auch ganz allein selbst schuld dran."

Kapitel 4

Während die Jungs sich in fröhlicher Runde weiter ihren Gesprächen widmeten erwachte Kommissarin Peters in Ihrer Wohnung aus dem Tiefschlaf. Es war eigentlich viel mehr ein langer Albtraum gewesen. Die ganze Zeit hatte sie das Bild des ermordeten Jungen im Kopf gehabt, sie war sich ganz sicher, dass er ihr ziemlich bekannt vor kam sie wusste nur noch nicht so recht woher.

Nachdem sie noch einen Moment darüber nachgedacht hatte, kroch sie langsam aus ihrem Bett hervor und sprang erstmal unter die Dusche. Während das Wasser ihren Körper hinunter lief, kam ihr plötzlich der zündende Gedanke. Sie beendete ihre Körperpflege in Windeseile, rannte nur mit Handtuch bekleidet in ihr Zimmer und schlüpfte in trockene Klamotten.

Anschließend lief sie in die Küche, wo sie schnell ein paar Sachen in ihre Tasche warf den Schlüssel vom Schlüsselbrett nahm und dann Blitzschnell die Wohnung verließ. Sie hastete die Treppe hinunter und hätte dabei fast das Gleichgewicht verloren, wäre da nicht zum Glück das Treppengeländer gewesen. Als sie ins freie trat, stieß ihr eine unglaubliche Hitze entgegen, sie warf ihre Tasche auf den Beifahrersitz ihres BMW-Cabrios, klappte das Dach auf und setzte sich hinters Steuer.

Auf dem Weg ins Büro überfuhr sie drei rote Ampeln und zwei Stoppschilder. Als sie dann mit einer wahnsinnigen Geschwindigkeit auf den Parkplatz der Polizeiwache einbog, hätte sie auch noch fast einen Kollegen überfahren, konnte aber zum Glück gerade noch Bremsen. Sie parkte auf ihrem Stammparkplatz, klappte das Cabriodach zu und machte sich schließlich auf den Weg in ihr Büro. Auf den Fluren herrschte reges Treiben überall liefen Polizisten hin und her, führten Befragen durch oder schleppten jemanden in Handschellen hinter sich her, es war also wie immer. Alexa ging noch schnell in der kleinen Küche vorbei, um sich einen Kaffee zu organisieren. Als auch dies erledigt war, ging es an die Arbeit.

Sie betrat ihr Büro und musste aufgrund der unerträglichen Hitze erst mal alle Fenster aufreißen. Danach warf sie sich in ihren Schreibtischstuhl und warf einen Blick ins Nebenzimmer, wo ihr Kollege Lennart gerade ein Verhör durchführte. Nachdem sie alles einen Moment beobachtet hatte widmete sie sich wieder ihrem eigenen Kram, deshalb war sie ja schließlich her gekommen.

Sie kramte die Akten, durch die auf ihrem Schreibtisch verstreut lagen, in Gedanken immer bei dem toten Jungen von letzter Nacht. Nach einigen Minuten fand sie schließlich wonach sie gesucht hatte, eine Akte über eine Drogenrazzia. Sie überflog eine Seite nach der anderen, sah sich die Namen ganz genau an und da war er schließlich aufgeschrieben Phillip Schubert. Sie schaute auf das Datum des Berichts, er war gerade Mal nur zwei Wochen alt.

Sie lehnte sich zurück, nahm ihre Kaffeetasse in die Hand und trank ein paar Schluck. Eine Spur hatte sich soeben aufgetan, vielleicht könnte sie nun zwei Fälle mit einem Mal lösen, aber bis dahin würde noch viel Arbeit auf sie zukommen. Einen Augenblick später kam Lennart ins Büro spaziert, er setzte sich auf die Ecke des Schreibtisches und musterte seine Kollegin.

„Na Frau Peters, hast es wohl nicht lange zu Hause ausgehalten."

„Tja mein lieber Thomas, dafür bin ich da auf einen ganz interessanten Hinweis gestoßen."

„Klingt ja sehr spannend, ich hab gerade den Obdachlosen verhört. Er schwört darauf zwei Personen am Tatort gesehen zu haben."

„Konnte er sie beschreiben?"

„Na ja er meinte das Mädchen wäre blond und schlank gewesen und der Typ groß und dunkelhaarig nicht gerade viel, das könnte wahrscheinlich jeder zweite hier sein."

„Okay also zu meiner Neuigkeit, der erschossene Junge, Phillip, wurde vor zwei Wochen zu einer Drogenrazzia befragt."

„Gibt's da irgendwelche Namen?"

„Hab die Akte eben nur überflogen werde mich aber gleich mal dran machen und alles noch mal durcharbeiten." „Na dann viel Spaß ich muss erstmal das Protokoll verfassen, also dann bis später."

Er verließ seinen Platz auf der Tischkante und ging zurück ins Nebenzimmer, während dessen widmete sich Alexa wieder der Akte, die eventuell noch einige brauchbare Informationen für sie bereithielt.

Anna war gerade auf dem Weg nach Hause, sie und ihre Freundin Charline hatten sich in der Stadt zu quatschen getroffen, fast wäre ihr herausgerutscht was sie am Abend zuvor erlebt hatte, doch dann konnte sie sich gerade noch so zurück halten und auf ein anderes Thema umschwenken. Nun saß sie in der U-Bahn und dachte an Nick, sie sah sich um, das Abteil war ziemlich überfüllt ihr gegenüber saßen zwei Obdachlose, die sie die ganze Zeit anstarrten. Einer der beide zog ein Handy aus seiner dreckigen Hosentasche, ein ziemlich neues Modell mit Foto- und Videofunktion.

An der nächsten Station stieg sie aus, sie kramte in ihrer Tasche und zündete sich kurz darauf eine Zigarette an. Als sie den Bahnsteig entlang ging und die U-Bahn an ihr vorbei, sahen sie die beiden Obdachlosen immer noch an. Dann viel es ihr plötzlich ein, sie dachte zurück an das gestrige Erlebnis und ihr wurde bewusst, dass der Obdachlose in der U-Bahn wahrscheinlich derjenige gewesen war, der Sie und Nick auf dem Güterbahnhofsgelände überrascht hatte. Ihr wurde schlecht, wieder stieg eine Art Panik in ihr auf. Der Typ hatte sie wieder erkannt, das war sicher, warum sonst hätte er sie sonst die ganze so angestarrt. Das konnte doch nicht wahr sein, dass durfte nicht wahr sein was wenn er nun zur Polizei gehen würde.

Und… das Handy verdammt er hatte sie fotografiert, scheiße jetzt saß sie mächtig in der Patsche, es war wohl nur noch eine Frage der Zeit, bis die Polizei auf sie kommen würde. Sie nahm noch einen letzten Zug von der Zigarette und schnippte die Kippe auf die Gleise. Anschließend zog sie ihr Handy aus der Hosentasche und wählte Nicks Nummer. Nach dem 5ten klingeln meldete sich die Mailbox. „Hey Nick ich bin's. Ich muss unbedingt mit dir reden, ist wirklich verdammt wichtig, bitte melde dich bei mir." Sie steckte ihr Handy wieder ein und machte sich weiter auf den Heimweg.

Gerade als sie die Wohnungstür erreicht hatte, meldete sich ihr Handy. Es war Nick.

„Ja?"
„Ich bin's Nick. Was gibt's denn so dringendes?"
„Können wir uns treffen ich will das nicht so am Telefon mit dir besprechen."
„Kling ja sehr geheimnisvoll. Ich bin jetzt gerade auf dem Weg nach Hause, wenn du willst kannst du bei mir vorbei kommen."
Er gab ihr die Adresse und sie erklärte sich einverstanden.
„Okay, also dann bis gleich."

Kapitel 5

Alexa und ihr Kollege Lennart saßen zusammen über den Akten die sämtliche Infos über die Drogenszene enthielten, als plötzlich ein Mann ins Büro gestürmt kam. Gefolgt von einer aufgebrachten Kollegin, die versucht hatte, ihn aufzuhalten.

„Tut mir leid aber der Herr wollte Sie unbedingt sprechen." Alexa erkannte in Ihm den Obdachlosen, den Lennart einige Stunden zuvor verhört hatte. Er schien ziemlich aufgeregt und wedelte mit einem Handy, welches er in der Hand hielt.

„Herr Lennart ich hab sie." Lennart nickte seiner Kollegin, die im Türrahmen stand, zu und sie verließ den Raum.

„Herr Huber wen haben sie?" Alexa schien ein bisschen unsicher und sah Thomas ungläubig an, dieser zwinkerte ihr zu und wandte sich dann wieder an seinen Besucher.

„Na das Mädchen, von denen ich Ihnen erzählt habe, ich hab sie wieder gesehen, sie hat in meiner U-Bahn gesessen ich hab mit dem Handy ein Foto gemacht."

Kommissarin Petersen mischte sich ein.

„Sie können doch nicht einfach Wildfremde Leute ohne ihr Einverständnis fotografieren."

„Ja, aber sie war doch da, wo ich den Toten gefunden habe."

„Zeigen sie mal her." Lennart nahm ihm das Handy ab und sah sich das Bild an. Es zeigte ein junges Mädchen, wohl ca. 17-19 Jahre alt mit langen blonden Haaren.

„Und sie sind sich wirklich sich, dass sie es war."

„Na klar doch hundertprozentig."

„Herr Huber es war Nacht als sie, sie gesehen haben."

„Ja, aber sie hatte doch diese weiße Jacke an mit so einem großen, schwarzen Haken auf dem Rücken, genau wie die in der U-Bahn."

Lennart flüsterte Petersen mit einem Grinsen im Gesicht zu.

„Ein Nike Jacke, ich mein der Haken."

„Werden sie denn jetzt etwas machen, sie festnehmen oder so?"

„Herr Huber wir werden erstmal versuchen sie zu finden und mit ihr zu reden und dann sehen wir weiter. Ihr Handy werden wir erstmal beschlagnahmen. Eventuell könnte es als Beweismaterial dienen"

„Aber das brauch ich doch." „Sie werden bestimmt auch ein paar Tage ohne auskommen." Er verzog grimmig das Gesicht und murmelte etwas Unverständliches vor sich hin, er schien ziemlich beleidigt zu sein. Einige Minuten später verschwand er dann genauso schnell, wie er aufgetaucht war.

Als die beiden Kommissare wieder unter sich waren sahen sie sich noch mal die zwei Fotos von der angeblichen Zeugin oder vielleicht Verdächtigen an. „Ich würde sagen wir befragen mal den PC, oder?" schlug Lennart vor.

„Okay geh du mit dem Bild rüber zu Kalli ich sehe mir noch mal die Akten an und schaue nach, ob ich was über ein Mädchen finde, das zu dem Bild passt. Vielleicht ist sie auch in der Drogenszene unterwegs."

„Alles klar."

Alexa kämpfte weiter mit ihren Akten, sie war sich ziemlich sicher, dass der tote Junge irgendwie in Drogengeschäfte verwickelt gewesen war. Bei der damaligen Razzia am Bahnhof war er zwar nur mit ein paar Gramm Hasch erwischt worden, doch trotzdem hatte sie ein ungutes Gefühl bei der ganzen Sache, da stimmte was nicht. Und früher oder später würde sie herausfinden was er war davon war sie überzeugt.

Eine Viertelstunde später kam Lennart fröhlich, grinsend zurück. „Bingo Madame." Er legte einen Fotoausdruck auf Alexas Schreibtisch.

„Sie heißt Anna Berger, ist 17 Jahre alt, und wurde bisher zwei Mal bei kleineren Ladendiebstählen erwischt und bei einer Schlägerei aber nur als Freundin des damaligen Opfers, wurde bisher nur verwarnt und hat sich ja eigentlich auch nichts großes zu Schulden kommen lassen, aber zumindest wissen wir wer sie ist."

„Und du bist sich das sie die Richtige ist?"

„Und wie ich mir da sicher bin."

„Was ist wenn unser Obdachloser Superspion sich getäuscht hat, es gibt bestimmt noch andere die so aussehen."

„Ich werde zumindest mal mit ihr sprechen, fragen kostet ja nix und wenn wir uns dann doch getäuscht haben sollte, was ich ja nicht glaube, dann müssen wir eben weiter suchen."

„Na dann weißt du ja was du zu tun hast. Ich möchte nämlich ungern warten bis wir hier irgendwo den nächsten Toten finden." „Ich bin schon auf dem Weg, dann bis später.

„Viel Erfolg."

Nick kam gerade aus dem Badezimmer als es an der Tür klingelte. Er hatte geduscht und war nur mit einer Jeans bekleidet, er wollte sich eigentlich noch schnell ein T-Shirt über ziehen, doch es klingelte erneut.

Da er der festen Meinung war, dass wohl mal wieder einer seiner Mitbewohner seinen Schlüssel vergessen hatte, ging er zur Wohnungstür, um aufzumachen. Als dann allerdings Anna vor ihm stand war er zuerst ein wenig überrascht.

„Hey das ging ja schnell mit dir hab ich ja noch gar nicht gerechnet."

„Störe ich dich? Sorry, aber ich muss echt dringend mit dir reden."

„Nonsens du störst nicht komm rein." Sie trat ein und er führte sie durch den Flur ins Wohnzimmer.

„Setzt dich schon mal ich zieh mir nur noch schnell was an." Er verließ den Raum wieder und Anna sah sich ein wenig um. Die Wohnung war zwar nicht besonders groß, aber doch auf eine Art und Weise ziemlich schick, hier würde sie es auch aushalten. Hier wäre es tausend Mal besser als bei ihren ewig streitenden Eltern, aber da musste sie wohl noch eine Weile durch. Es dauerte nicht lange, bis Nick zurückkam, er setzte sich ihr gegenüber auf Sofa und sah sie einen Moment an.

„Und was gibt's jetzt so dringendes?" Anna warf einen Blick durch den Raum.

„Du wohnst hier aber nicht mit diesen Killertypen zusammen, oder?"

„Nein, meine Mitbewohner sind echt harmlos. Aber du bist ja wohl kaum hier, um mich das zu fragen, oder?"

„Nein natürlich nicht. Nick dieser Penner, der uns auf dem Bahngelände gesehen hat..."

„Was ist mit dem?"

„Ich hab ihn wieder gesehen. Vorhin in der U-Bahn."

„Und?"

„Man er hat mich erkannt verdammt, er hat mich mit seinem scheiß Handy fotografiert."

„Das ist jetzt nicht dein Ernst, oder? Warum hast du nix gemacht."

„Mir erst bewusst geworden wer er ist als ich schon ausgestiegen war und dann war eh alles zu spät."

Nick hielt sich einen Augenblick die Hände vors Gesicht, bevor er antwortete. „Hoffentlich rennt er jetzt nicht zu den Bullen."

„Und was wenn doch?"

„Tja ich glaub dann wir ein echt großes Problem."

„Man Nick was soll ich jetzt machen?"

„Keine Ahnung im Moment können wir nur abwarten und hoffen das die Bullen nix mitbekommen."

Nick suchte in seiner Hosentasche nach Zigaretten, auf diesen Schreck musste er jetzt dringend eine rauchen.

Schließlich zog er eine zerknitterte Packung Marlboro hervor, stecke sich eine Kippe an und nahm einen tiefen Zug. Eine Weile herrschte absolutes Stillschweigen, Anna hatte sich ebenfalls eine Zigarette angesteckt und versuchte nachzudenken, was nun zu tun war. Die Stille wurde unterbrochen, als Annas Handy plötzlich klingelte.

Das indische Pentagramm

Kapitel 1

Maurice. "Maurice Cheri!", rief Veronique vom Badezimmer aus und bürstete sich hingebend ihre dunkelblonde Mähne.
"Ich bin auf der Terrasse!"
Sie blickte selbstverliebt in den Spiegel: "Mehr kann ich heute für dich nicht tun!", dabei lächelte sie sich an. Sie vollendete ihre Gesichtspflege mit einem rosafarbenen Lippenstift; drückte die Lippen fest zusammen und fuhr mit ihrer feuchten Zunge zufrieden über den Mund.

Sie ging beschwingt in die Küche, öffnete den Kühlschrank, nahm eine kleine Flasche Mineralwasser aus dem Fach und steckte sie in eine Leinentasche.

Maurice saß in einem hohen Rattan Sessel. Seine Füße ruhten auf einem vorgestellten Hocker. Veronique beugte sich über die Lehne und umarmte ihn liebevoll. Sie fuhr mit ihrer rechten Hand durch sein kräftiges dunkles Haar. Dabei schnurrte er wie ein Kater.

"Hast du schon alle Sachen im Auto verstaut?", und nahm einen Schluck von seinem Pastis. Er beugte sich vor, stellte das Glas auf das Beistelltischchen und stand auf.

„Ja, meine Sporttasche liegt bereits im Kofferraum. Ich bleibe nur eine Nacht bei Annabelle. Wirst du zu Hause essen oder fährst du noch zu Pierre?", wollte sie wissen.

„Ich denke, ich mache noch einen Abstecher zu Pierre". „Bien, dann grüße Manie von mir. Ich melde mich die Tage bei ihr". Sie drückte ihm einen Kuss auf die Wange und gab ihm einen Klaps auf seinen sexy Po, nahm die Autoschlüssel vom Tisch und ging zur Tür.

„Maurice, bitte vergesse nicht, dass die Haustürklingel noch repariert werden muss, Ciao!"

Die Tür fiel ins Schloss und Veronique machte sich auf den Weg nach Tamarin zu ihrem Pilates Kurs, und um danach die Nacht bei ihrer Freundin Annabelle zu verbringen.

Schwüle tropische Luft; eine Dunstglocke legte sich bereits über den frühen Morgen. Maurice Bertram öffnete die Terrassentür. Er fühlte sich im Tag verloren. Die drückende Luft Mauritius' tat ihr Übriges. Er setzte sich auf die Terrasse und saß abwesend, gedankenversunken, unter einem schattenspendenden Baldachin und starrte stumpf zum Horizont.

Keine Anzeichen von Trauer... nichts. Nichts regte sich in ihm. In diesem Augenblick empfand er nur tiefe Ratlosigkeit; er wusste nicht, wie seine Gefühle mit dieser Situation fertig werden sollten. Es waren bereits mehr als drei Stunden vergangen, als zwei mauritische Beamte an seiner Haustür klopften, weil die Klingel seit geraumer Zeit nicht mehr funktionierte.

„Monsieur Maurice Bertram?", fragte einer von ihnen.

Er nickte bestätigend.

„Ja, das bin ich".

„Bon jour Monsieur, dürfen wir vielleicht für einen Moment mit zu Ihnen ins Haus kommen?"

„Ja, …aber…ehm, ich verstehe nicht ganz?!", antwortete er zögernd, und ließ die Beamten herein.

Er führte sie durch den langen Flur zum Salon auf die Terrasse und bat sie Platz zu nehmen. Er setzte sich direkt zu ihnen an den runden Teakholztisch und legte seine Hände gefaltet auf diesem ab. Beide Polizisten waren Beamte aus der Hauptstadt Port Louis, Polizeikommissariat Abercrombie.

Sie trugen, die für Mauritius typische Uniform: hellblaue, kurzärmlige Hemden, an der Schulter, links außen, das staatliche polizeiliche Emblem, sowie dunkelblaue, bis zum Knie reichende, kurze Hosen. Unverkennbar war ihre kreolische Abstammung; indisch afrikanisch mit wohlgeformten europäischen Gesichtszügen.

Beide Herren stellten sich mit ihrem Namen vor: Constable Ephraim Elmire, Mahmud Louvet.

„Monsieur Bertram, wir müssen Ihnen eine traurige Nachricht überbringen. Ihre Frau, Madame Veronique Vervier, wurde heute früh leblos aufgefunden. Fischer entdeckten zufällig ihren Körper im Mangrovenwald zwischen den Ortschaften Flic en Flac und Tamarin".

Er hatte ihnen regungslos zugehört. Tief in seinem Innern regte sich eine Welle der Trauer. Er ließ sich aber nichts anmerken. Maurice verzog keine Miene. Er machte auf die beiden Polizisten daher einen sehr gefassten Eindruck.

„Erlauben Sie uns die eine Frage: Was hat ihre Frau?…"

„Lebensgefährtin!", korrigierte Maurice ihn. „Wir waren nicht verheiratet, dass wollte ich sagen."

„Also Lebensgefährtin", setzte der Beamte fort. „Mit Verlaub, was hat eine Frau wie Madame Vervier im Mangrovenwald verloren? Können Sie uns hier hingehend einen Hinweis geben?"

„Nichts!", antwortete Maurice. „Nichts!", wiederholte er und sah beide Herren dabei ratlos an. „Veronique ging wie jeden Dienstag zu ihrem Pilates Training nach Tamarin. Danach wollte sie bei einer Freundin übernachten. Das ist nichts Ungewöhnliches. Das tat sie öfters."

Er schaute in die Gesichter der Beamten und strich sich mit der rechten Hand über sein kräftiges braunes Haar. Seine Augen wirkten stumpf und kämpften gegen Tränen an.

„Wie ist Veronique ums Leben gekommen?", fragte er beinahe entschuldigend.

„Es scheint, dass sie erwürgt worden ist", antwortete der Polizist mit Vornamen Mahmud. „Ein genaueres Ergebnis ergibt erst die Autopsie. Indes, und das wirft zusätzliche Fragen auf, wurde ihrer Lebensgefährtin mit einem Gegenstand ein Tattoo auf dem Rücken eingraviert oder eingebrannt, ... geritzt. Es sieht ganz nach einem Ritualmord aus. Es sind altindische Zeichen im Tattoo zu erkennen. Das wissen wir auch nur, weil einer unserer Kollegen sich mit der indischen Kultur intensiv beschäftigt."

„Indus Kultur oder so", unterbrach ihn sein Kollege Constable Elmire.

„Es handelt sich vorerst lediglich um Hypothesen. Soweit unsere Behörde es zu beurteilen vermag, soll es ein Zeichen eines Bundes sein."

Maurices Pupillen weiteten sich. Erstaunt zog er seine Augenbrauen hoch.

„Wie!? Was!? Also, ich verstehe überhaupt nichts mehr!".

Er unterdrückte seine aufkommende Trauer. Überrascht von dieser Aussage erhob er sich von seinem Stuhl und fragte beide Beamte, ob sie Wasser haben möchten, oder auch gerne einen Kaffee. Er hätte da noch etwas in der Kanne. Beide Polizisten nickten und nahmen das Angebot gerne an.

Kapitel 2

Er erhob sich mit einem langen Seufzer und ging in die Küche. Mit einem gefüllten Tablett kehrte er wieder zurück. Während er den beiden Herren Wasser und Kaffee in Gläser und Tassen goss, fragte er, was es denn mit diesem Geheimbund auf sich habe.

„Genaueres wissen wir ja auch noch nicht. Es sind auch nur Hypothesen."

„Woher wissen Sie das alles in so kurzer Zeit?"

Beide Herren sahen sich an und schwiegen. Sie zeigten kein Interesse auf seine Frage einzugehen. „Bitte, Monsieur Bertram, halten Sie sich weiterhin für uns zur Verfügung. Planen Sie kurzfristig ebenfalls keine Auslandsaufenthalte. Wir haben Ihre Botschaft in Port Louis von Madame Verviers Ableben informiert. Soviel wie wir wissen, ist auch die französische Botschaft in Pretoria mit einbezogen worden.

Er hatte ja sowieso keine vorläufigen Reisen geplant. Somit war das gegenwärtige Thema vom Tisch.

„Ich verstehe!"

Die Beamten erhoben sich, dankten für den Kaffee und gemeinsam gingen alle drei zur Haustür. Maurice öffnete sie. Constable Ephraim Elmire zog aus seiner Uniformtasche eine Visitenkarte mit

Kontakten der ermittelnden Behörde hervor, und gab sie ihm.

„Sie können uns jederzeit erreichen. Sie sollten morgen zu uns aufs Revier nach Abercrombie kommen. Chefinspektor Laurent wird sich persönlich um Ihre Angelegenheiten kümmern. Wir rufen sie noch an und holen Sie von zuhause ab.

Übrigens, wo waren Sie zwischen 20:00 Uhr gestern Abend und 06:00 Uhr heute früh?"

„Ich!? – na wo wohl! Hier natürlich und ganz allein!"

Beide Beamte sahen sich an und verabschiedeten sich darauf hin.

Sechs Stunden sind mittlerweile vergangen. Er hatte bereits mehrere Scotchs getrunken. Was in Teufelsnamen hatte Veronique im Mangrovenwald zu suchen und was hatte es mit diesem Geheimbund auf sich, wovon die Beamten berichteten?

Aufgewühlt zwischen Trauer und unterdrückten Emotionen, fragte er sich, ob er tatsächlich unter Schock stehe oder Veronique gar nicht mehr so richtig liebte? Er seufzte bedrückt, unfähig einen ruhigen Gedanken zu fassen; setzte und lehnte sich in seinen Rattan Sessel.

Er starrte in die Luft.

Sein Gehirn spielte Karussell: Mord, Mangrovenwald, Polizei, Tattoo, Geheimbund.

Kapitel 3

Mauritius' älteste und bekannteste Polizeistation, die Hauptwache Abercrombie, liegt im Ortsteil La Croix der Inselhauptstadt Port Louis, benannt nach dem französischen König Louis XV.

Drei Divisionen laufen hier zusammen: die MPF (Maurice Police Force), das Department für Control und Investigation (CID), sowie das Technical Support Center (TSC) in Rose Hill. Diese drei Teams bilden das große Herzstück der mauritischen Polizei.

Namensgeber dieser Station ist Major General John Abercrombie (1772 – 1817). Denn während man in Europa begann sich gerade von Napoleon zu erholen, eroberte John Abercrombie die Insel 1810 von den Franzosen.

Der große Deckenventilator schnurrte sehr rhythmisch unter der alten Holzvertäfelung. Seine Luftwirbel verbreiteten eine angenehme Kühle. Chief Inspektor Francis Laurent saß vertieft über einem Dossier, dass er vor sich ausgebreitet hatte. Sein ausladender Schreibtisch stammt noch aus Kolonialtagen um die Jahrhundertwende. Immerhin wurde die Station in der ersten Hälfte des 19. Jahrhunderts gegründet. Da konnte man mit Recht stolz auf diese historische Institution sein.

Zwei bequeme Holzstühle, ein alter Aktenschrank mit Rollläden, daneben eine etwas modernere Ausführung. Zwei hohe Fenster, die für angenehmes und ausreichend Tageslicht sorgten. Die zusätzliche Klimaanlage und ein weiterer funktioneller Arbeitsplatz, waren alles, was das Büro des Chief Inspektors hergab.

Sein Kinn ruhte, vom linken Arm gestützt, in seiner Handfläche. Er griff nach der Wasserkaraffe rechts vor ihm und goss sich gekühltes Wasser in ein schlichtes Glas und lehnte sich in seinen alten lederbezogenen Schreibtischsessel zurück, der die besten Tage bereits gesehen hatte. Er blickte gedankenversunken zur Decke auf den kreisenden Deckenventilator.

Die beiden Beamten, Constable Ephraim Elmire und Mahmud Louvet stiegen aus ihrem Dienstfahrzeug und betraten das Kommissariat. Sie begaben sich Richtung Schreibstube, denn sie hatten Anweisungen, nach ihrem Besuch bei Maurice Bertram, sofort ein Protokoll anzufertigen. Beide Herren öffneten die Tür mit der Aufschrift, Orderly Room, und gingen auf einen freien Schreibtisch zu.

„Hey", rief einer der Kollegen neugierig.

„Na, wie ist der Besuch ausgegangen?"

„Jacques, sorry, leider keine Zeit für einen Plausch! Der Bericht hat Vorrang, sonst bekommt uns der Alte noch am Arsch".

Grinsend setzten sich beide Polizisten jeder an seinen Tisch und jeder schaltete seinen eigenen Laptop an. Sie saßen sich zum Glück nur gegenüber.

Man hatte den Chief Inspektor Francis Laurent mit den Ermittlungen betraut. Der französische

Botschafter sprach beim Innenminister persönlich vor und bat um professionelle Unterstützung. Da kam nur Laurent in Frage und das hatte natürlich auch einen besonderen Grund. Laurent war nämlich auf Geheiß von höchster Stelle untergetaucht. Die Position in Abercrombie hatte nur eine Alibifunktion. Er war aber von dieser Art von Intervention etwas überrascht. Vielleicht stand das Opfer mit französischen Einrichtungen in Verbindung? Oder war es Bernadette, die Frau des Botschafters Antequil, die ihren Gatten auf die Idee brachte, über das Innenministerium zu gehen, um diesen Fall etwas aufzubauschen; nach außen hin zumindest?

Bernadette fingerte allzu gerne an ihm herum. Nach ein paar Gläsern Wein fanden sich beide da wieder, wo man halt seine Sympathien auslebte, im Bett. Beide nahmen es sportlich.

Auch ein Beamter ist nur ein Mensch. Er war ganz gerne auch mal hin und wieder schwach. Das hatte aber auf seinen guten Ruf als Kriminalist keinen Einfluss. „Tu es, aber sprich nicht drüber", war seine Devise und Diskretion. Neben seiner attraktiven Erscheinung waren es aber gerade seine einfühlsamen Seiten, die ihn besonders auszeichneten und Aufmerksamkeit erregten.

Der zweite Schreibtisch in seinem Büro war augenblicklich nicht besetzt. Der junge Beamte, der ihm als Sekretär gestellt wurde, hatte sich in seinen Chief Inspektor hoffnungslos verguckt. Francis Laurent war mehr als tolerant. So ein bisschen Anhimmeln ging ja noch, aber dieses andauernde Starren auf seine Hose war dann nicht mehr zu ertragen. Trotz mehrmaliger Hinweise konnte der junge Mann nicht davon lassen.

„Robert, wir müssen uns trennen. Ich habe ihre Versetzung schon unterschrieben. Ich denke, dass Sie auf der Polizeistation in Flic en Flac besser aufgehoben sind. Die Kolleginnen und Kollegen sind recht cool und außerdem können Sie sich im Meer abkühlen. Die Station liegt nicht weit vom Strand der Ortschaft entfernt".

Robert hatte stillschweigend die Versetzung zur Kenntnis genommen, kramte aus den Schubläden ein paar Habseligkeiten und verließ mit einem tiefen Bedauern das Büro. Ähnliches passierte immer mal wieder. Aber Laurent war mittlerweile daran gewöhnt. Bernadette lachte, als er ihr davon erzählte.

„Du bist halt ein geiler Typ. Und dabei noch wohl erzogen, hast Humor. Bist aufgeschlossen und tolerant, sportlich, 1,90 Meter, und deine Hosen strotzen nur so vor Energie". „Spricht so eine Gattin des Botschafters!"

Er schaute sie verschmitzt an und seine dunklen Augen leuchteten und grinsten bübisch auf ihre festen kleinen Brüste. „Mit Dir spreche ich nur Französisch, wie Du doch selbst weißt, die täglichen Verpflichtungen erledige ich alle englisch sprachig, Mon Cher". Sie umarmte und küsste ihn leidenschaftlich.

Laurent war brillant in seinen Recherchen. Hatte ein gutes Gespür fürs Außergewöhnliche. Das konnte auch schon mal Neider zur Verzweiflung treiben. Irgendwie war er ihnen immer eine Nase voraus. Er trug mit Vorliebe sportliche Anzüge. Seine dunklen Haare deuteten bereits einen kleinen Hauch von Grau an und sein leicht gebräunter Teint sorgte für einen exotischen Kick bei den Damen und auch bei so manchen Herren.

Er verschränkte seine Arme hinter dem Kopf. Nur ein leises: „Hm…, Hm…, Hm...", brachten seine Lippen hervor.

Er beugte sich nach vorne über den Schreibtisch und nahm eine der Großaufnahmen in die Hand, die noch am Tatort gemacht wurden.

Eine Aufnahme von Veronique Verviers Rücken; dass in die Haut tätowierte Pentagramm. Er schaute es sich wieder und wieder an.

Kapitel 4

Es war bereits nach 15:00 Uhr, als Maurice Bertrams Handy ihn mit sirenenartigen Geräuschen aus den Gedanken riss.

Er zuckte kurz zusammen; nahm das Handy vom Tisch und meldete sich, ohne seinen Namen zu nennen: "Oui?!"

Ein Beamter von der Polizeistation Abercrombie aus Port Louis war am anderen Ende. Man wollte ihn gegen 16:30 Uhr zur Befragung abholen.

„Ok, ich halte mich zur Verfügung und warte dann auf Ihren Beamten".

Maurice Bertram war ein fitter und ruhiger Typ mit kleinem festem Bäuchlein. So einer, von dem man annahm, dass er immer die Übersicht behielt und seine Gefühle sehr gut zu kontrollieren verstand.

„Du bist der geborene Diplomat", hatte Veronique zu ihm öfters gesagt.

Bei ihr aber hatten seine kontrollierten Emotionen leider vollkommen versagt. Sie waren mit ihm durchgegangen; gleich im ersten Moment, als sie sich im Café an der Waterfront zum ersten Mal begegneten.

Es waren schöne Momente. Er erhob sich aus dem Rattan Sessel, ging in die Küche, füllte ein Glas mit Eiswürfel und goss sich einen weiteren Scotch ein. Seine Gedanken schweiften zurück an jenem Tag, als sie sich kennenlernten.

„Leider!", protestierte Veronique und setzte ihren verführerischen Körper dabei voll in Szene. Er konnte Veroniques herausforderndes „Leider" nie vergessen.

So reagierte sie immer, wenn sie abends mal etwas Zeit fanden und sich über jenen Tag unterhielten. Das Leider stand für: leider habe ich mich in Dich hoffnungslos verliebt!

Raffiniert hatte sie ihn im Café vor drei Jahren um den Verstand gebracht. Sie saßen sich gegenüber. Veronique hatte ihn sofort wahrgenommen und beobachtete ihn ganz dezent aus unmittelbarer Nähe. Ihr Blick wanderte von seinem braunen, leicht nach hinten gekämmten Haar. Sie hielt an seinen blaugrünen Augen fest, schweifte weiter über seine aristokratische, feine Nase, hin zu seinen kräftigen Lippen. Seine Zornesfalte und die Fältchen an den Mundwinkeln waren so etwas wie ein Charakterstempel für sie. Sie schätze ihn auf 1,80/85 Meter und ca. Mitte/Ende vierzig.

Wie sich später herausstellte, hatte er gerade seinen sechsundvierzigsten Geburtstag gefeiert. Sie lag mit ihrer Vermutung also gar nicht so falsch.

Maurice bemerkte sofort ihr Interesse. Er hatte ein gutes Gespür und war sehr empfänglich für diese Art von „scannen". Dann plötzlich trafen sich ihre Augen. Veronique ging nun voll zur Eroberung über und setzte von vornherein auf Sieg. Sie führte ihre weiße Porzellantasse behutsam zu ihren leuchtend, roten Mund. Er verfolgte ihre kleine Anmache Aktion mit sinnlichen Blicken. Dann küsste sie ganz langsam das weiße Porzellan, sodass das Rouge einen kräftigen Abdruck hinterließ. Dabei schaute sie zu ihm hinüber.

„Trinken Sie auch so gerne Kaffee?"

„Ja, sehr gerne, besonders wenn die Tasse so schön bemalt, ist".

Beide lachten.

Maurice stand auf und ging auf Veronique zu. Sie erhob sich. Sie war bestimmt um 1,70 m und hatte einen durch und durch trainierten Körper. Er musste sofort an Kampfsport denken. Das kurze, eng anliegende weiße Sommerkleid schien ihr auf den Leib geschneidert zu sein. Dann dieses wilde blonde Haar! Beide stellten sich einander vor und bestellten zwei Gläser Weißwein.

Maurice seufzte.

„Und jetzt ist sie tot, ermordet unter so mysteriösen Umständen".

Er merkte gar nicht, wie die Zeit verging. Es klopfte an der Haustür. Er schaute auf seine Armbanduhr. Die Beamten kamen, um ihn abzuholen.

Kapitel 5

Die drückende Schwüle hatte etwas nachgelassen und eine leichte Brise brachte wohltuende Erleichterung. Erst vor Wochen zog ein heftiger Zyklon über Mauritius Küsten hinweg und führte sehr viel Regen mit sich, was auch Einfluss auf die hohe Luftfeuchtigkeit nahm.

Den ausgestreckten, einstöckigen Bungalow der Abercrombie Polizeistation bedeckte ein Walmdach aus blaugrauem Schiefer. Die hohen, weißgefassten Fenster hoben sich vom grauen Backstein ab. Ein Vorbau, gestützt von runden hölzernen Pfeilern, überdachte den Haupteingang. Die umlaufende hölzerne Galerie im ersten Stockwerk unterstrich die typische Bauweise des 19. Jahrhunderts.

Hinter dem historischen Backsteingebäude standen zwei mächtige, schattenspendende Kapok Bäume. Ein Kreole in kurzen Hosen wischte mit einem Mopp, ohne sich dabei zu verausgaben, die vorgelagerte Veranda und rauchte dabei genüsslich eine Zigarette. Ein dunkelblauer Mannschaftswagen befand sich rechts vor dem Gebäude. Vier Polizisten standen angelehnt am Dienstfahrzeug und unterhielten sich angeregt. Über was sich die Polizisten unterhielten, konnte er nur spekulieren.

Der begleitende Beamte öffnete Maurice die Fahrzeugtür und wies auf den Haupteingang. Er winkte zu den vier Polizisten hinüber und rief einen Namen. Der angesprochene Beamte kam auf sie zu.

„Mein Kollege begleitet Sie jetzt zum Büro von Chefinspektor Francis Laurent, Monsieur Bertram".

„Bon jour Monsieur! Bitte, folgen Sie mir in Zimmer!"

Maurice nickte nur und folgte ihm ins Polizeigebäude. Aus einem Vernehmungszimmer hörten sie schimpfende Schreie einer Frau. Lautstark teilte sie dem vernehmenden Beamten ihre Erlebnisse mit, die sich vor zwei Tagen bei ihr zutrugen.

Ob man wollte oder nicht, sie war dermaßen wortgewaltig, dass jeder gezwungen war einfach zuzuhören. Maurice wurde gebeten Platz zu nehmen; der Chief Inspektor wollte sich in wenigen Minuten um ihn kümmern.

Die Tür zum Vernehmungszimmer stand offen und er konnte von seinem Platz aus eine etwa fünfzigjährige Kreolin erkennen, die gestikulierend, mit herumwirbelnden Armen eine Flut des Protestes auf den Polizisten nieder ließ.

„Beruhigen Sie sich doch, Mrs. Maroum, und setzten Sie sich erst einmal hin. Sie können mir alles in Ruhe erzählen. Kommen Sie, trinken Sie erst mal ein Glas Wasser", versuchte dieser zu beschwichtigen.

„Ich will mich aber nicht beruhigen", kreischte sie heftig und setzte sich letztendlich dann doch auf den Stuhl vor dem Schreibtisch. Sie wohnte in Vallée-des-Prêtres; alleinstehend und dankbar, wenn Hilfe zur Stelle war.

Der Straßenpolizist, der regelmäßig seine Streife durchs Viertel zog, war immer hilfsbereit gewesen.

„Na ja, ich bat ihn doch mal nach meiner Tür zu sehen. Durch die Feuchtigkeit hatte sich wohl der Rahmen verzogen", sagte sie mit selbstvorwerfendem Blick.

„Vor zwei Tagen schaute er abends vorbei, nach Dienstschluss. Ich fühlte mich an dem Abend nicht wohl, wollte aber auf seine Hilfe auch nicht verzichten!"

Dann wurde Mrs. Maroum wieder lauter und lebhafter.

„Er war der Meinung, dass ich unter Bluthochdruck leide. Er hat einen „Erste Hilfe" Lehrgang mitgemacht. Ich sollte mich aufs Bett setzen. Dann nahm er meine Hand und fühlte meinen Puls. Plötzlich kneteten seine Hände meine Brüste, weil seiner Meinung nach, man an den Brüsten den Puls viel besser wahrnehmen könne. Ich wusste gar nicht, wie mir geschah!", schrie sie.

„Da stand er auch schon in Unterhosen vor mir. Ich wehrte mich, so gut es ging. Ich fühlte mich benutzt, musste dann wohl oder übel alles über mich ergehen lassen. Auf der Veranda holte er sein Gerät heraus und bepisste noch meine schöne Yucca Palme, das Schwein!"

Der vernehmende Beamte stand auf und verschloss die Tür des Vernehmungszimmers.

Inspektor Laurent trat aus seinem Büro, das sich am Ende des langen Korridors befand und ging auf Maurice zu.

„Monsieur Bertram?"

„Ja, das bin ich". Er erhob sich von seinem Stuhl.

„Chefinspektor Francis Laurent. Entschuldigen sie bitte, dass Sie etwas warten mussten. Bitte kommen Sie mit mir in mein Büro".

Maurice folgte dem Inspektor ins Büro und setzte sich auf einen der freien Stühle vor dem ausladenden Schreibtisch.

Es war angenehm sehr kühl im Büro des Chefinspektors.

Kapitel 6

Kurz daraufhin fragte der Chefinspektor: „Möchten Sie einen Kaffee oder etwas anderes trinken?"

„Einen doppelten Espresso und Wasser bitte, wenn es keine Umstände macht".

Laurent ging zur Bürotür und rief in den langen Flur hinein: „Jane Fortis, zwei doppelte Espresso und Wasser bitte, zu mir ins Büro!"

„Kommt sofort Sir, Chefinspektor, Sir!", antwortete eine sehr sympathische und reizvolle Frauenstimme.

„Monsieur Bertram, ich möchte Ihnen im Namen des mauritischen Polizeipräsidiums unser Beileid aussprechen. Ich befasse mich mit den Untersuchungen an dem Mord Ihrer Lebensgefährtin. Wir stehen erst ganz am Anfang unserer Ermittlungen, aber es scheint, dass auch höhere Stellen ein Interesse daran haben, dass das Verbrechen an Ihrer Lebensgefährtin, Frau Veronique Vervier, schnellsten aufgeklärt wird".

„Ja, einer Ihrer Beamten deutete bereits so etwas an. Wie kam Veronique denn nun wirklich ums Leben? Können Sie mich da aufklären? Ich bin noch ganz verwirrt von der Nachricht und weiß nicht was ich davon halten soll. Sehr viele große Ungereimtheiten".

In dem Moment klopfte es an die Tür und Sergeant Jane Fortis berat das Büro mit einem Tablett.

„Sir, Ihren Espresso".

„Stellen Sie ihn bitte auf den Schreibtisch, den Rest erledige ich dann schon".

„Sir, ich soll Sie noch daran erinnern, dass Übermorgen Ihre Großmutter aus Frankreich am späten Abend anreist. Abendessen auf der Terrasse des Hotels Labourdonnais".

„Danke Sergeant, ohne Sie bin ich doch aufgeschmissen".

Jane Fortis erwiderte die Anmerkung mit einem schweigenden Lächeln. Sie war Austauschbeamtin von Scotland Yard. Francis Laurent gehörte eindeutig zu ihrem Favoriten, was das Angebot an Qualifikationen auf der Polizeistation anbetraf. Sie mochte seine Art, seine gepflegte Rhetorik und er sah dazu noch verdammt gut aus. Sergeant Fortis schloss die Tür hinter sich und Maurice und Laurent schauten ihr wohlwollend nach, so wie die anderen im Revier.

„Nun, Tatsache ist, dass Ihre Freundin etwa zwischen drei und fünf Uhr morgens erwürgt, worden zu sein scheint. Ob es noch zusätzliche Hinweise zur Todesfolge gibt, ist noch nicht endgültig abgeschlossen. Wir müssen den vollständigen Bericht der Autopsie abwarten. Ihren leblosen Körper fanden Fischer in den Mangroven zwischen Flic en Flac und Tamarin. Das Protokoll meiner Mitarbeiter, das nach ihrem Besuch bei Ihnen angefertigt wurde, liegt mir bereits vor".

Laurent nahm die Seiten vom Schreibtisch und hielt sie demonstrativ in der rechten Hand.

„Chief Inspektor, was ist das für eine Sache mit dem Tattoo? Ich kann mir keinen Reim darauf bilden und ihre Mitarbeiter schienen mir auch nicht besonders mitteilungsbedürftig zu sein".

„Unsere Beamten haben sich da etwas zu weit aus dem Fenster gelehnt", gab Laurent unweigerlich zu verstehen.

„Es ist richtig, dass ihre Freundin auf dem Rücken, zwischen den Schulterblättern ein auffälliges Tattoo in Form eines Pentagramms trägt. Mehr möchte ich im Moment nicht hinzufügen. Die Dinge nehmen jetzt ihren Lauf und ich versichere Ihnen Monsieur Bertram, dass Sie zu gegebener Zeit über die Sachlage aufgeklärt werden. Zurzeit ist alles spekulativ, wie der Fachmann sagt, und Hypothesen sind nun mal keine handfesten Aussagen".

„Aber Veronique trägt keine Tattoos am Körper!!"

„Es sieht auch eher danach aus, dass es ihr Post mortem zugefügt wurde".

Maurice betrachtete den Chief Inspektor mit kritischen Augen. Was sollte er davon halten?

„Also verweigern Sie mir etwa das Recht auf Auskunft?" „Nein!", antwortete Laurent ostentativ.

„Ich mache Ihnen einen Vorschlag: Mein Mitarbeiter Constable Elmire, Sie kennen ihn bereits, holt Sie morgen Nachmittag von zuhause ab und begleitet Sie zu unserem Autopsie Departement. Es ist notwendig, dass Sie Ihre Frau, Pardon Lebensgefährtin, Veronique Vervier, identifizieren. Danach sehen wir weiter!".

Maurice war mit Laurents Vorschlag einverstanden. Er machte auf ihn von vornherein einen sympathischen und auch zuverlässigen Eindruck.

kapitel 7

Das Polizeifahrzeug bog von der Rue Desroches auf die Volcy Pougnet Street und hielt unmittelbar vor dem, mit subtropischen Pflanzen, begrüntem Eingangsportal des Dr. AG Jeetoo Hospitals, im Zentrum von Port Louis. Constable

Elmire stieg aus dem Fahrzeug und öffnete die Beifahrertür. Das moderne und komplexe Krankenhaus ist ein langes mehrstöckiges Gebäude und gehört zu den besten Einrichtungen des Landes; zuständig für Patienten aus den Departements Pamplemousses, Rivière-du-Rempart, Port-Louis et Flacq. Hier werden in enger Zusammenarbeit mit den Behörden sämtliche rechtsmedizinisch relevanten Todesfälle zur Obduktion eingewiesen.

Maurice folgte dem Costable durch die Eingangstür. Die große lichtdurchflutete Halle war wohl temperiert.

„Monsieur Bertram, lassen sie uns gleich zum Information Desk gehen. Der leitende Arzt und der konsularische Vertreter der französischen Botschaft sind bereits eingetroffen".

Das Information Desk strahlte ihnen im leuchtenden Orange entgegen. Sie durchquerten die lang gestreckte Halle. Zwei schlanke Herren kamen auf sie zu. Der eine im hellgrauen Jackett und weißen Hosen, der andere im weißen Kittel.

„Pierre de Groot, von der französischen Botschaft".

„Dr. Amal Abinash, der Leiter der Autopsie".

Annabelle saß ausdruckslos vor Laurent. Er sah sie fragend an. Sie schien ihm irgendwie verloren vorzukommen, jetzt wo sie ihre beste Freundin Veronique unter diesen Umständen so plötzlich verlor.

„Wir kennen uns schon so viele Jahre, besuchten die International Business School in London und bummelten durch die Weltgeschichte. Irgendwie kamen wir auch nach Mauritius.

Die Insel gefiel uns auf Anhieb und wir haben uns in sie sofort verliebt. Diese Vielfalt an Kulturen, das friedliche Zusammenleben der Religionen", sie hielt inne und schaute zu Laurent, der ihr in diesem Moment ein Glas Wasser reichte. Annabelle war eine schlanke, zartgebaute junge Frau. Die dunkelblonde Kurzfrisur stand ihr gut. Sie erinnerte ihn an einen frechen, aufgeweckten Bengel.

„Also Miss Durand, Ihre Freundin hatte am besagten Abend keine Verabredung mit Ihnen vereinbart und sie erschien auch nicht in Tamarin im Pilates Training, ist das richtig? Laut M. Bertram hatte sie aber angeblich nach dem Pilates Training die Absicht bei Ihnen zu nächtigen. Dies sei auch mit Ihnen so abgesprochen gewesen!"

„Ja, wie ich es schon sagte. Sie rief mich zwei Tage vorher an, dass sie nicht am Training teilnehmen wird und somit auch nicht bei mir übernachtet. Aber das kam diverse Male vor, dass sie relativ kurzfristig absagte".

„Wusste Monsieur Bertram davon? Was hatte Madame Vervier denn privat so getrieben? Hatte sie einen Job oder überhaupt irgendeine Tätigkeit?"

Laurent hielt inne und schwieg. Er lehnte sich zurück und verschränkte entspannt seine Arme über den Kopf.

„Veronique hat Maurice erst vor; ich glaube, ich glaube, drei Jahren auf einen Flug von Paris nach Mauritius kennengelernt. So hat sie es mir zumindest erzählt. Es muss eine sehr emotional, spannende Geschichte gewesen sein, denn sie war ganz aufgelöst und total verknallt. Über ihr Privatleben sprachen wir nicht so viel. Sie arbeitete für ein internationales Marketingunternehmen, Green & Finch, und hat nicht viel Intimes preisgegeben. Darin war sie spitze. Wenn sie wollte, konnte sie sehr verschwiegen sein."

Annabelle schaute den Chief Inspektor etwas verlegen an.

„Ein Verhältnis zwischen zwei beste Freundinnen sieht für mich aber anders aus. Scheint so, als hätten sie nebeneinanderher gelebt?"

Sie drückte ihre Lippen fest zusammen, zog ihre Schultern hoch und schwieg.

„Ok, Miss Annabelle, hinterlegen Sie bei Sergeant Fortis bitte noch Ihre Personalien und Kontakte, dann können sie gehen. Wenn wir noch Fragen haben, dann melden wir uns. Halten Sie sich bitte für die nächsten Tage zur Verfügung und sehen Sie erst mal von Auslandsreisen ab. Die Ermittlungen laufen gerade an. Danke, dass sie sich die Zeit genommen haben".

Laurent lächelte freundlich, erhob sich und öffnete ihr die Tür des Büros.

Kapitel 8

Maurice stand mit Dr. Abinash vor dem Obduktion Tisch. Er war nervös und sein Kopf schien wie leer gefegt zu sein. Er schluckte ein paar Male und schaute auf den leblosen Körper, der sich unter dem weißen Kunststofflaken abhob. Lediglich das Paar Füße am unteren Ende des Seziertisches lagen frei.

Die Kühle der Leichenhalle ließ keine warmen Gedanken aufkommen. Die bis zur Hälfte gefliesten Wände und der lindgrüne Anstrich verstärkten noch die Atmosphäre. Mehrere Kabinettschränke, gefüllt mit Sezier- und Obduktion Bestecken, standen gegenüber den Aufbewahrungsboxen untersuchter Leichname.

Constable Elmire und der konsularische Vertreter warteten in der Nähe des Einganges.

Dr. Abinash stand vor der Leiche, schaute zu Maurice und nickte ihm zu. Dieser wagte einen kleinen Schritt näher hin zum Autopsie Tisch. Er war angespannt.

Das soll Veronique sein, seine bezaubernde Veronique! Nein, das kann gar nicht sein. Ein Albtraum!

Der Constable ging auf ihn zu.

„Sind Sie bereit Monsieur Bertram?".

Er nickte.

Der leitende Arzt nahm das Laken und schlug es behutsam um, sodass Kopf und Hals freigelegt wurden.

Stille!

Alle schauten auf Maurice. Der starrte wie angewurzelt auf den Kopf der Toten. Blaue Würgemale waren deutlich an verschiedenen Stellen ihres Halses zu erkennen.

„Das…, das…, das ist nicht Veronique und stützte sich auf Dr. Abinash. Es schien ihm, dass seine Beine versagten, aber er hatte sich schnell wieder im Griff. Elmire und von Groote sahen sich an.

„Sind Sie sich wirklich ganz sicher Monsieur Bertram?"

„Ja, hundert Prozent! Das ist nicht meine Veronique!". Von Groote und der Sergeant griffen sofort nach ihren Handys.

„Bitte, verbinden Sie mich sofort mit dem Botschafter. Es ist dringend!"

„Sir! Sir, die Tote ist nicht Veronique Vervier. Bertram hat sie eindeutig identifiziert. Zweifel ausgeschlossen!"

Das Telefon klingelte.

Laurent nahm den Hörer ab: „Francis Laurent".

„Laurent, Abinash hier, Rechtsmedizin, Jeetoo Hospital, Port Louis. Du hast es bereits vernommen, was die Personalie des Opfers anbetrifft. Das Pentagramm Tattoo zwischen den Schulterblättern wurde Post mortem mit einer Art Brenneisen oder Ähnlichem beigefügt. Unsere Vermutung kann ich hingehend bestätigen. Der Obduktionsbericht sollte in einigen wenigen Minuten auf dem Schreibtisch liegen".

„Ich danke dir, Abinash. Elmire hat mich ausführlich gerieft. Ich erwarte ihn jeden Moment in Abercrombie, Bon Soiree".
„Bon Soiree! ".

Kapitel 9

Das Besprechungszimmer lag nur zwei Türen von Laurents Büro entfernt. Sergeant Jane Fortis war gerade dabei die Pinnwand mit allen verdächtigen Kandidaten, die im Mordfall Vervier verwickelt waren, aufzulisten und entsprechendes Fotomaterial anzuordnen. Constable Elmire öffnete die Tür, ihm folgten zwei weitere Kriminalbeamte und eine Beamtin.

Laurent trat ein und begrüßte alle Versammelten und kam sofort zur Sache.

„Wir haben es, wie es aussieht, mit einem recht außergewöhnlichen Fall zu tun. Es ergeht daher die Anweisung, dass alle hier Anwesenden im Raum zur unbedingten Verschwiegenheit aufgefordert sind. Dieser Fall könnte internationale Ausmaße annehmen."

Alle Beamten nickten schweigend. Laurent wandte sich an Fortis.

„Sergeant Fortis, was haben wir inzwischen an Indizien und Beweismaterialien?"

„Nun, Sir", sie trat vor die Pinnwand. „Wir haben die verschwundene Veronique Vervier, die erst gar nicht in Tamarin erschien. Ihren Lebensgefährten, Maurice Bertram, wohnhaft in Flic en Flac, ohne handfestes Alibi und die geheimnisvolle weibliche

Unbekannte im Leichenschauhaus. Die Unterlagen, die wir bei ihr fanden und die sie eindeutig als Veronique Vervier ausweisen, sind noch in der Forensik. Es ist davon auszugehen, dass die Papiere gefälscht sind. Wir werden uns sofort auf die Suche ihrer Personalie machen, um die wahre Identität der Ermordeten zu ermitteln. Das wird gerade eingehend vorbereitet. Dann ist da noch die Freundin Annabelle Durand aus Tamarin. Und das Mal auf dem Rücken der Unbekannten, Sir".

„Viel ist das nun wirklich nicht, was wir zurzeit an Beweisen zur Verfügung haben!".

„Aber Sir!", protestierte Fortis sofort.

„Schon gut Sergeant, wir stehen erst am Anfang. Den Autopsiebericht habe ich bereits. Weitere Untersuchungen laufen. Die Unbekannte ist, das geht aus dem Report eindeutig hervor, brutal erwürgt worden. Sergeant Fortis und Constable Elmire, sie leiten gemeinsam die Ermittlungen und halten persönlich nur mich auf dem Laufenden. Das gilt für alle hier Anwesenden, ist das klar! Es dürfen keine Ergebnisse unserer Recherche an die Öffentlichkeit kommen. Und hüten Sie sich vor den Medien."

„Ja, Sir, Chefinspektor, Sir!", antworteten die Beamten fast im Chor. Sie erhoben sich, und verließen das Besprechungszimmer.

„Fortis und Elmire, Sie kommen gleich mit mir ins Büro".

Laurent nahm auf seinem Ledersessel Platz. Beide Beamte setzten sich vor dem historisch ausladenden Schreibtisch und bedienten sich aus der Wasserkaraffe. Laurent griff nach dem Obduktionsbericht, schlug ihn auf und las ihn gründlich. Zeile für Zeile. Buchstabe für Buchstabe.

Nach exakter äußerer Leichenbesichtigung und anschließend innere Leichenbesichtigung/Sektion: auffällige Halskompression mit beiden Händen durch Niederdrücken des Halses. Kompression der Halsgefäße und des Kehlkopfs durch Zupacken, Loslassen und erneutem Zupacken. Demzufolge starke Blutstauung im Kopf mit Bildung von sehr intensiven Stauungsblutungen, die typisch fürs Würgen sind.

Würgemale: unregelmäßig angeordnet, verschieden große Schürfungen und Hautblutungen vorne und seitlich am Hals und auch am Kinn. Blauverfärbung und Dunstig des Gesichts. Kehlkopfverletzung mit Brüchen, Weichteilverletzungen.

Das Opfer kam nicht im Mangrovenwald ums Leben, sondern wurde hier lediglich abgelegt. Der Leichnam wurde bewegt. Das sagen die Leichenflecke eindeutig aus. Das Opfer kam ca. zwischen 02:00 Uhr und 06:00 Uhr morgens ums Leben".

Laurent beendigte den Bericht und legte ihn beiseite.

Das Pentagramm Tattoo wurde wahrscheinlich mit einer Art feinnadligem Siegel dem Opfer Post mortem zwischen den Schulterblättern eingestanzt oder eingedrückt. Anders wie beim Tätowieren, wo die Figuren punktiert gestochen werden, wurde praktisch das Gesamtbild mit heftigem Druck ausgeführt. Wir müssen noch weitere Ergebnisse der Obduktion abwarten. Eventuell finden wir Spuren, die auf den tatsächlichen Tatort hinweisen. Sollten wir Glück haben, weist das Opfer DNA-Spuren des Mörders auf.

Sergeant Fortis, Sie hängen sich an die Fersen von Maurice Bertram. Legen Sie ein Dossier mit allen ermittelten Daten an: „Wo hielt er sich während der Tatzeit auf?" Wer hat ihn mit seiner Lebensgefährtin gesehen, Freunde. Krempeln Sie alles um. Jeder kleinste Hinweis kann uns weiterhelfen. Besonders interessiert mich sein Alibi. Schalten Sie eine Suchanzeige mit aktuellem Foto von Vervier. Wir können das Foto aus ihrer ID Carte nehmen, falls kein anderes Material vorliegt. Die Autopsie soll das Gesicht der Unbekannten so herrichten, dass es für eine Suchanzeige brauchbar ist.

Und Sie Constable, Sie nehmen sich unsere hübsche Annabelle vor. Ihr Besuch heute im Büro war nicht besonders überzeugend. Was macht sie? Wie lange ist sie auf Mauritius?

Unsere fünf „**W**": Wo, Wie, Wann, Warum, Wieso!

Sie können ihre Kollegin und Kollegen mit einbeziehen. Sie sollen Sie unterstützen, so oft es notwendig ist. Das Wort „Pentagramm oder Tattoo" wird nicht vor Dritten angedeutet, geschweige ausgesprochen, auch nicht vor Maurice Bertram. Das ist eine Angelegenheit, die nur Sie und mich betrifft. Haben wir uns da grundlegend und richtig verstanden!?

„Ja Sir, klar und deutlich, Sir"

„Ok, dann lassen Sie uns keine weitere Zeit verlieren, machen Sie sich sogleich auf die Socken!"

„Sir!"

„Was gibt es noch, Fortis?"

„Gehen wir von einem Ritualmord aus? Ein Post mortem beigefügtes Pentagramm schreit doch förmlich danach. Handelt es sich um eine Warnung!? Es sieht doch nach gewollt, auffällig, inszeniert aus. Meinen Sie nicht auch?"

„So abwegig ist Ihr Gedanke gar nicht, Sergeant. Wir brauchen vorerst noch Hinweise. Unsere Spezialisten werden sich eingehend mit dem Tattoo befassen. Aber Ihre Vermutung geht, denke ich mal, in die richtige Richtung".

Kapitel 10

Annabelle Durand war am Ende ihrer Pilates Trainings Stunde im Sofitel Imperial Palace Resort & SPA. Das Luxushotel in Flic en Flac lag nicht soweit von Tamarin entfernt. Sie arbeitete hier als freiberufliche Personal Trainerin, so wie in weiteren diversen Resorts auf Mauritius. Ihre ausgezeichneten Fachkenntnisse waren auch im Wellness Bereich sehr gefragt.

Die Trainingseinheit schloss mit der „Hundred" Übung. Sie tupfte sich mit einer Hand die Schweißperlen aus ihrem Gesicht. Ihre Kundin war hellauf begeistert.

„Heute haben wir den Vogel abgeschossen. Ich bin erledigt. Es war wieder grandios mit Ihnen, Annabelle!".

Beide Frauen lachten und erhoben sich von den Übungsmatten, um sich voneinander zu verabschieden.

Ein Telefon klingelte.

„Annabelle, da ist ein Constable Elmire aus Port Louis und fragt nach dir. Soll ich ihm sagen, dass du gleich in die Lobby kommst?", fragte die Rezeptionistin des Wellness Bereichs.

„Ja, ist schon ok! Sag ihm, dass ich in ein paar Minuten an der Rezeption bin. Danke!".

„Okay, wird erledigt", sagte die Rezeptionistin.

Annabelle ging in den Personalraum und duschte schnell. Sie öffnete die Schranktür ihres Spinds, nahm ihre Handtasche, und kramte nach einem Umschlag ohne Beschriftung. Sie starrte auf einen Zettel und steckte ihn schnell wieder mit zitternden Händen zurück. Das pralle Geldbündel verstaute sie in einer Seitentasche. Sie schaute in den Spiegel, strich sich übers Gesicht und durch die Haare.

„Annabelle, bleibt es dabei, nächsten Mittwoch?".

„Ja, natürlich!".

„Die Kundin hat ausdrücklich dich gebucht", lächelte ihr die Kollegin keck zu. Annabelle verabschiedete sich.

Constable Elmire stand nicht weit von der Rezeption entfernt. Er sah Annabelle die Treppe hinaufkommen und rief ihren Namen.

„Miss Durand!". Annabelle schaute zu ihm hinüber und kam auf ihn zu.

„Oh! Constable! Ich habe sie beinahe nicht wieder erkannt. Heute mal ohne Uniform? Sie sehen ja richtig großartig aus, so privat".

Annabelle lachte und Elmire wuchs gleich ein paar Zentimeter in die Höhe.

„Sie sollten, was die Sensibilität der mauritischen Polizei angeht, uns nicht unterschätzen. Es macht auf Hotelgäste keinen guten Eindruck, einen uniformierten Polizisten aktiv im Hotel zu sehen. Ich denke, sie würden sich auch nicht wohlfühlen".

„Ja, da haben Sie vollkommen recht Constable, das ist wirklich rücksichtsvoll".

Sie gingen die Treppen hinunter und kamen zu den Sitzgruppen des offenen Bereichs der Lobby.

Von hier hatte man einen herrlichen Blick auf Pool, Strand, Palmen und Meer. Der Baustil hat asiatischen Einfluss und man spürt unter der schweren Holzvertäfelung mit seinen weißen Verstrebungen, das ausgehende Jahrhundert. Was durchaus vom Erbauer gewollt war.

„Ein toller Arbeitsplatz, Miss Annabelle, da lässt es sich aushalten", bemerkte Elmire beiläufig.

Sie nickte nichtssagend; das hörte sie des Öfteren. Ein Kellner brachte ihnen Wasser und sie zeichnete als Mitarbeiterin den Bon sofort ab.

„Miss Durand wir brauchen im Fall Veronique Vervier ihre volle Unterstützung. Ihnen als engste Freundin muss doch etwas aufgefallen sein?"

„Aber ich habe doch bereits auf dem Revier dem Inspektor alles mitgeteilt. Da gibt es nichts mehr, was ich Ihnen noch sagen könnte".

„Wie lange leben Sie schon auf Mauritius? Seit wann wohnt Madame Vervier auf der Insel?"

„Ich habe mich vor fünf Jahren entschieden auf Mauritius zu bleiben, bin aber auch öfters im Ausland unterwegs. Nach unserem Studium in London, sind Veronique und ich durch die Welt gebummelt. Mal hier, mal da! Wir haben uns erst vor gut zwei Jahren wieder getroffen. Wir liebten Fitness, sportliche Herausforderungen. Das mache ich auch als Selbstständige. Ich kann entscheiden, ob ich etwas annehmen möchte und bin frei. Veronique hat was studiert oder studierte immer noch, was weiß ich. Sie verstand viel von Kunst und war oft im Ausland für dieses Marketingunternehmen."

ENDE

Anmerkungen des Autors:

Sandro Hübner meißelt in Berlin, in klaren Sätzen ein Denkmal und ist unverzichtbar für alle, die ihn bei Twentysix lesen, weiterempfehlen und auch kaufen werden.

Bisher erschienen:

Titel:	SAD SONG - Trauriges Lied -
Genre: **ISBN:**	Kriminalroman 978-3-7407-3007-9

Titel:	Juliette und Taddei eine Liebe forever
Genre: **ISBN:**	Liebesroman 978-3-7407-3030-7

Titel:	Rückkehr eines träumenden Delfins
Genre: **ISBN:**	Roman 978-3-7407-3399-5

Titel:	Fesselnde Psycho-Horror-Geschichten
Genre: **ISBN:**	Horror 978-3-7407-4455-7

Titel:	Spannende Thriller-Geschichten
Genre:	Thriller
ISBN:	978-3-7407-4636-0
Titel:	Doppelt stirbt sich besser, mit einem grauenvollen Biss
Genre:	Psychohorror
ISBN:	978-3-7407-4697-1
Titel:	TITANIC Ein Augenzeugenbericht von Helena F. Lang
Genre:	Roman
ISBN:	978-3-7407-5058-9
Titel:	Unheimliche Gruselgeschichten - Teil I -
Genre:	Gruselroman
ISBN:	978-3-7407-5067-1
Titel:	Unheimliche Gruselgeschichten - Teil II -
Genre:	Gruselroman
ISBN:	978-3-7407-5068-8

Titel:	Der Fitnesstrainer
Genre:	Roman
ISBN:	978-3-7407-5075-6
Titel:	Das Bett des Horroralptraums
Genre:	Horror
ISBN:	978-3-7407-5139-5
Titel:	Der verhängnisvolle Fehler aller Zeiten - Das Haus der Seelen
Genre:	Horror
ISBN:	978-3-7407-5317-7
Titel:	Spannende Abenteuerkurzgeschichten für Kinder
Genre:	Roman
ISBN:	978-3-7407-5415-0
Titel:	Roy Raperpotz im Land der Träume
Genre:	Roman
ISBN:	978-3-7407-1711-7

Titel:	Der grausame Helikopter des Horrors
Genre:	Horror
ISBN:	978-3-7407-2681-2
Titel:	Die Nacht des Horrors
Genre:	Horror
ISBN:	978-3-7407-4812-8
Titel:	Abenteuergeschichten für Kinder
Genre:	Roman
ISBN:	978-3-7407-6328-2
Titel:	Sommerliche Gaystories
Genre:	Roman
ISBN:	978-3-7407-5107-4
Titel:	Die Brücke zum Verrat
Genre:	Roman
ISBN:	978-3-7407-6639-9

Titel:	Das Wolfsmädchen
Genre:	Roman
ISBN:	978-3-7407-6589-7
Titel:	Mysteriöse Thriller-Geschichten aus Deutschland
Genre:	Mysterythriller
ISBN:	978-3-7407-7055-6
Titel:	Der Tod von der Theaterlegende Xaver Stieler
Genre:	Kriminalroman
ISBN:	978-3-7407-8645-8
Titel:	Die spannenden Fälle von Kommissar Black
Genre:	Kriminalroman
ISBN:	978-3-7407-8690-8
Titel:	Spannende Krimisammlung aus drei Kurzgeschichten
Genre:	Krimi
ISBN:	978-3-7407-0620-3